ISBN 3-12-598230-8

7,90

Marcel Pagnol

LES PESTIFERES

Texte et documents

Présenté et annoté par Irmgard Jaspert

- le XVIIIe siècle
la France
Marseille
le hameau
la parcelle
les personnages

le sillon

Ernst Klett Verlag

Herausgegeben von Irmgard Jaspert, docteur ès lettres,
unter Mitwirkung der Verlagsredaktion Neue Sprachen.
Mitarbeit an diesem Werk: Dr. Volkhart Weizsäcker, Redaktionsleiter,
und Christine Neamat, Verlagsredakteurin.

Bildquellen

A.F.P., Paris (S. 4);
Photo British Museum, London (S. 7);
National Library of Medicine Bethesda, Maryland/USA (S. 8).

ISBN 3-12-598200-6

1. Auflage 1 7 6 5 | 1988 87 86

Alle Drucke dieser Auflage können im Unterricht nebeneinander benutzt werden.
Die letzte Zahl bezeichnet das Jahr dieses Druckes.

Umschlaggestaltung: Hans Lämmle, Stuttgart.
Druck: Augsburger Druck- und Verlagshaus, Augsburg. Printed in Germany.

Table des matières

Abréviations

anat	anatomique	*méd*	médecine
bot	botanique	*mil*	militaire
cf	*confer*, comparez	*péj*	péjoratif
contr	contraire	*pl*	pluriel
dr	droit	*pop*	populaire
f	féminin	*qc*	quelque chose
fig	figuré	*qn*	quelqu'un
interj	interjection	*rég*	régionalisme
iron	ironique	*rel*	religieux
litt	littéraire	*vx*	vieux
m	masculin		

Marcel Pagnol et son œuvre

Fils d'instituteur, Marcel Pagnol est né le 28 février 1895 à Aubagne, près de Marseille. Se destinant lui aussi à l'enseignement, il fait des études d'anglais et remplit, à partir de 1915, diverses fonctions d'enseignant dans des collèges et lycées du Midi. En 1922, il est nommé professeur au célèbre Lycée Condorcet à Paris.

Bientôt ses intérêts l'attirent vers le théâtre où sa comédie *Topaze* (1928) connaît un grand succès auprès du public. Pourtant, c'est la trilogie *Marius* (1929), *Fanny* (1931), *César* (1937) qui établit la réputation internationale de Pagnol, écrivain-dramaturge.

Entretemps, Pagnol découvre le film parlant qui, selon lui, donne «au dramaturge la plus entière liberté». Tour à tour dialoguiste, metteur en scène et producteur, il réalise pour l'écran un certain nombre d'œuvres de la littérature méridionale dont *Regain* (1937), d'après Jean Giono, *Topaze,* ainsi que sa fameuse trilogie marseillaise.

Malgré ces activités cinématographiques, il est élu en 1946 à l'Académie Française. Au cours des années cinquante, il se consacre surtout à des travaux de traducteur *(Les Bucoliques,* 1958) et d'historien.

En 1957, il commence une nouvelle carrière dans la littérature par la publication du premier tome de ses souvenirs d'enfance *(La Gloire de mon père)* que le public accueille avec enthousiasme. En 1958 paraît le tome II *(Le Château de ma mère),* en 1960 le tome III *(Le Temps des secrets).* Le tome IV *(Le Temps des Amours),* dont fait partie *Les pestiférés,* est publié en 1977 en édition posthume.

A la fois campagnard, attaché à son terroir natal, et amateur de soirées mondaines, Pagnol partage ses années de vieillesse entre sa chère Provence et Paris, où il meurt le 18 avril 1974.

Marcel Pagnol, peu avant sa mort

Introduction aux «Pestiférés»

L'action se passe à Marseille, en 1720, lors de la grande épidémie de peste. Dans l'espoir d'échapper au fléau, les habitants d'un quartier de la ville ont coupé tous les contacts avec l'extérieur. Mais ils ne seront pas longtemps en sûreté. Avec la peste s'approchent aussi les incendies qui menacent leur prison volontaire. Alors les reclus se sauvent en quittant la ville sous le masque de faux pestiférés.

La plupart des événements rapportés ici repose sur des faits réels. Cependant, il convient de noter que la fidélité observée par Pagnol envers la *réalité historique* n'est pas un respect superficiel qui s'en tient à la reproduction exacte de quelques dates insignifiantes. C'est plutôt une connaissance très intime de l'époque qui lui permet de ranimer cette vieille page d'histoire. Aussi ses personnages sont-ils d'authentiques représentants de la société française de 1720: tel Maître Combarnoux qui, semblable aux innombrables dévots à la veille du siècle des Lumières, se rend à la messe chaque matin; ou encore le Capitaine, cet ancien marchand d'esclaves, qui n'en jouit pas moins de la considération générale – il faudra attendre trente ans encore pour que des voix se lèvent en faveur des Noirs.

Par ailleurs, livres médicaux de l'époque à la main, il serait facile de prouver que Pagnol n'a rien inventé concernant les remèdes contre la peste et les théories sur l'origine de cette maladie, même si elles nous paraissent bizarres.

N'empêche que Pagnol n'a pas voulu faire œuvre d'historien. Il se veut avant tout conteur et veut laisser libre cours à son imagination. Selon ses amis, il s'était proposé de reprendre *Les pestiférés* pour une édition définitive où il aurait donné au récit le dénouement suivant: «Ayant échappé à la mort, ses pestiférés commençaient à mener si joyeuse vie que les habitants d'Allauch les chassaient. Ils se réfugiaient alors dans la fameuse grotte des Pestiférés où ils étaient exterminés par les villageois.»*

Ceci dit, son goût de la fable bien construite et rapide lui interdit de présenter la peste de Marseille en tant qu'événement historique. Et plutôt que de brosser le vaste tableau d'un cataclysme humain, ainsi que l'avait tenté Camus dans *La peste,* il choisit la place du quartier comme lieu de l'action. Cette petite place circonscrit l'univers de nos pestiférés, des gens ni trop bons, ni trop mauvais, ni particulièrement courageux. Et de même qu'il prend parti contre la philosophie de l'absurde de Camus, Pagnol n'attache aucune importance particulière à l'héroïsme. Et son personnage principal, le médecin Maître Pancrace, se résigne à une taille plus humaine que celle de son modèle historique, le chevalier Roze *(cf. p. 26),* quand il dit «[...] que soigner les pesteux, c'est soigner les morts, tandis que notre devoir c'est de préserver les vivants...».

* Bernard de Fallois, postface au Temps des Amours, Julliard, Paris 1977

Veuë de l'hôtel de Ville de Marseille, et d'une partie de son Port
Dessiné sur le Lieu pendant la peste arrivée en 1720.

a Paris chez Limosin M.d et Privilegié du Roy rue de Gêvre au grand Cœur.

Raoul jeu. sculp.

Les morts étaient entassés pêle-mêle…

Maître Pancrace – Il habite dans la plus grande maison de la placette. Il n'a pas de famille sauf domestique. Quoiqu'il soit petit, il a un grand air.

LES PESTIFERES

Garin le jeune : 50 ans, grand, moustache, nez plongeant
Maître Passacaille : notaire, grand nez
Maître Combarnoux : drapier, religieux, 3 garçon et 5 filles, fort riche, pas très aimé

Et voici l'histoire que M. Sylvain nous conta, assis sur une pierre rouge, en face de la Baume des pestiférés.

– En 1720, comme vous le savez, la peste dévasta Marseille. Je n'y étais pas, et je m'en félicite.

– Nous vous en félicitons également, dis-je.

– Et nous nous en félicitons nous-mêmes, dit Yves.

– Mais les Marseillais, dit M. Sylvain, n'eurent pas à s'en féliciter.

M. Sylvain personnage rencontré par le jeune Pagnol et son ami Yves dans un chapitre précédent du Temps des Amours
un,e pestiféré,e qui a la peste
La Baume des pestiférés *probablement dans le Massif de la Sainte-Baume, au nord-est de Marseille*
dévaster ruiner

Après la mort du grand Louis XIV, le prince Philippe d'Orléans avait pris la régence du royaume. Il y avait de grandes intrigues à la cour. Mais la France, et particulièrement la ville de Marseille, étaient en pleine prospérité. Les chroniqueurs du temps nous disent que «tous ces négociants sont si puissamment riches que la Noblesse des villes voisines recherche leur alliance avec empressement. Leur principal commerce se fait aux ordres du Levant, c'est-à-dire dans la Syrie, la Palestine et l'île de Chypre, qui sont en Asie, d'où ils tirent, par la Méditerranée, des cotons, des laines, des peaux, des soyes, et quantité d'autres marchandises …»

C'est pourquoi Marseille était riche; tous ses habitants (sauf les fainéants et les galériens qui avaient là leur port d'attache) vivaient fort convenablement.

Or, il y avait, dans cette ville heureuse, un tout petit quartier, encore plus heureux que les autres, et qui était vraiment un coin de Paradis.

Le Vieux-Port – le Lacydon des Grecs – n'était rien d'autre qu'une baie minuscule, qui tenait la mer captive entre deux petites chaînes de collines, au bout d'un vallon peu profond. En s'éloignant de l'eau salée, le fond de ce vallon remontait vers la chaîne de hauteurs qui encerclent la ville. A huit cents mètres du Lacydon, il y avait, à flanc de coteau, sur la droite, une éminence qui

Philippe d'Orléans *duc (1674–1723), neveu de Louis XIV, gouverna la France de 1715 à 1723*
une régence sous la monarchie forme de gouvernement choisie lors de l'absence d'un roi ou quand le roi est trop jeune pour régner
un négociant commerçant-grossiste
le Levant *vx* les pays de la Méditerranée orientale (Morgenland)
la soye [swa] *vx* la soie (Seide)
un,e fainéant,e qui ne veut rien faire
un port d'attache port où un bateau est immatriculé
Lacydon vieux port fondé vers 600 av. J. C. par les Grecs
une baie (Bucht)
captif, -ve enfermé, prisonnier
un vallon une petite vallée
à flanc de coteau sur la pente de la colline
une éminence une petite colline

Maître Vertan (capitaine) : capitaine, chauve, longue balafre en zigzag qui marchait, a traversé 30 fois l'Océan pour vendre des nègres aux Amériques, riche

s'appela plus tard la colline Devilliers. Elle était vêtue de quelques broussailles dans le bas, mais on voyait, contre le ciel, au bout de la pente, une sorte de hameau soutenu par une haute muraille dominée par les frondaisons d'une rangée de platanes – *umbrosa cacumena*.

Il y avait là une «placette» rectangulaire, entourée sur trois côtés de maisons, dont plusieurs rez-de-chaussée étaient occupés par des boutiques.

Tout juste au milieu, sur une stèle moussue, un gros poisson de pierre dont la tête sortait d'un rocher lançait jour et nuit un jet d'eau limpide, qui retombait gracieusement dans une conque de grès.

Une rue – qui était en somme une route, arrivait par la droite du côté de la place Saint-Michel, traversait la placette au ras des façades, et en sortait par la gauche, pour descendre jusqu'à la rue de la Madeleine.

Ces maisons étaient habitées par des bourgeois assez riches, à cause de la pureté de l'air, et de la beauté du vaste paysage que l'on découvrait en ouvrant les fenêtres. De plus, derrière les maisons, il y avait de grands jardins qui étaient clos par un mur de pierre d'au moins trois mètres de haut, et au fond de ces jardins, des écuries assez grandes, où logeaient un certain nombre de chevaux.

Comme il est naturel, les habitants de ce petit quartier pointu formaient une espèce de communauté, et quoiqu'ils fussent entourés de tous côtés par la ville ils vivaient à leur façon, un peu comme des villageois.

Ils dépendaient des édiles de Marseille et n'avaient aucun statut particulier. Cependant, Maître Pancrace y régnait: c'était un personnage assez mystérieux, puisque personne ne savait d'où il venait. Mais c'était un médecin très estimé, qui allait tous les jours en ville pour soigner les misères des grands bourgeois, et même de Monseigneur l'Évêque. Il avait soixante ans; il était encore assez beau, malgré ses rides et ses cheveux blancs, et, quoique petit, il avait grand air. Sa barbe très blanche et taillée en pointe était l'objet de tous ses soins, et comme il avait la main belle il la lissait élégamment, ce qui faisait scintiller le diamant de son annulaire, diamant d'un éclat bleuté, et signe indiscutable d'une grande fortune, présente ou passée. Il était sans doute assez riche, ou tout au

les broussailles *f* (Gebüsch)
un hameau (Weiler)
la frondaison le feuillage
umbrosa cacumena des sommets ou cimes ombragé(e)s
une placette *rég* petite place
une stèle colonne portant une inscription
moussu,e (bemoost)
limpide clair,e
une conque de grès *m* (muschelförmige Schale aus Sandstein)
en somme au fond
clos,e entouré
un édile magistrat municipal
Maître Pancrace *cf p. 67*
Monseigneur l'Evêque Eminenz
une ride Falte
avoir grand air avoir une allure noble, distinguée
être l'objet des soins de *ici:* être particulièrement bien soigné
lisser *ici:* rendre plat
scintiller briller
un annulaire le doigt qui porte l'anneau

moins il avait dû l'être. Sa maison, au centre même de la façade, était la plus large de toutes, quoiqu'il y vécut seul, servi par deux domestiques: dame Aliette, qui était – disait-on – une savante cuisinière, et le vieux Guillou, dont la mâchoire était tristement dégarnie sous une moustache grisonnante, car il avait presque cinquante ans.

Les autres notables du quartier étaient Maître Passacaille, le notaire, qui portait un grand nez frémissant entre deux favoris noirs (d'un noir grisâtre, qui était dû à un peigne de plomb), Garin le Jeune, qui avait bien cinquante ans; mais la longue survie de son père lui valait ce plaisant qualificatif. Il était très grand, les joues creusées par deux rides verticales, la moustache rare sous un nez plongeant, mais l'œil vif, et les dents belles. Il y avait aussi Maître Combarnoux, le drapier, qui passait pour fort riche, car il fournissait les armées du roi.

C'était un homme très grand, et la pleine force de l'âge faisait briller sa barbe dorée. Il était rude et parlait peu, mais d'une voix forte et rauque, et toujours pour contredire. On ne l'aimait guère, parce qu'il ne donnait pas prise à l'amitié. Mais c'était un homme sobre et vertueux qui allait entendre la première messe chaque matin, suivi de sa femme, de ses trois garçons et de ses cinq filles…

Dans la maison qui faisait le coin de la place, au bout du parapet, et qui surplombait le vide, habitait le Capitaine. C'était Marius Véran, qui avait traversé trente fois l'Océan pour vendre des nègres aux Amériques. Comme ses armateurs lui laissaient une part des profits – et que c'était lui qui faisait les comptes – il avait rapporté de ses courses plus de bel argent que n'en peut gagner un honnête homme. Il était généreux avec les filles de joie qu'il amenait quelquefois chez lui (après la tombée de la nuit) et lançait parfois, sur la placette, une poignée de gros sous, pour le plaisir de voir se battre les enfants… Il avait perdu, dans quelque maladie africaine, presque tous ses cheveux, mais la nudité de son crâne était égayée par une longue balafre en zigzag qui lui donnait un air martial.

A côté de ces notables, il y avait quelques petits commerçants, comme Romuald le boucher, gros et rouge

une mâchoire dégarnie bouche sans dents
un notable personne d'un rang social important
frémir vibrer
les favoris *m pl* barbe qu'on laisse pousser sur les joues
le plomb (Blei)
plaisant,e amusant
un drapier (Tuchhändler)
rauque *contr* clair (en parlant de la voix)
sobre simple
vertueux, -se (tugendhaft)
un parapet mur à hauteur d'appui (Brüstung)
surplomber se pencher en dépassant qc
un armateur (Reeder)
une fille de joie (Dirne)
une poignée de gros sous quelques pièces de monnaie
un crâne (Schädel)
égayer rendre gai
une balafre (Schmiß)
martial,e militaire

comme il convient, mais presque stupide quand il n'avait pas un couteau à la main; Arsène, le mercier-regrattier, qui était tout petit, et Félicien, le boulanger, dont les brioches cloutées d'amandes rôties étaient fameuses jusqu'au Vieux-Port. Malgré ses trente-cinq ans, il plaisait encore aux femmes, parce qu'il avait la peau très blanche – peu-être à cause de la farine – et la poitrine velue de poils dorés. Il y avait aussi Pampette, le poissonnier; Ribard, le menuisier boiteux; Calixte, qui travaillait à l'arsenal des galères, et quelques autres, dont il sera parlé plus tard.

Naturellement, il y avait des femmes, des enfants, et des vieillards; en tout, plus de cent personnes, qui vivaient en paix, car il n'est pas nécessaire de mentionner ici les ivresses du capitaine ni les querelles de ménage qui étaient d'ailleurs bien moins fréquentes qu'aujourd'hui.

Quand venait la belle saison, il y avait, sous les platanes feuillus, de grandes parties de jeu de quilles, enrichies de gesticulantes querelles.

Cependant, sur le parapet qui dominait toute la ville et d'où l'on voyait briller la flaque du Lacydon, les notables étaient assis. Ils parlaient de politique ou de commerce et de navigation. De temps à autre, les vaincus du jeu de quilles, qui avaient perdu leur place dans le tournoi, venaient les écouter, assis par terre en demi-cercle, comme les spectateurs des théâtres antiques, pendant que les femmes remplissaient leurs cruches à la fontaine, au son des quilles entrechoquées.

Maître Pancrace avait toujours réponse à tout, avec des vues originales, et pourtant raisonnables, sur tous les sujets: on voyait bien que cet homme connaissait le monde, et peut-être même Paris.

Un soir – c'était au début du mois de juin, en l'année 1720, quand les platanes finissent de faire leurs feuilles dont la grandeur est toujours proportionnée à la force du soleil, ce qui prouve que Dieu est l'ami des joueurs de quilles – le capitaine vit le docteur remonter de la ville, dans la petite voiture que conduisait Guillou. Il alla au-devant de lui, et lui proposa de venir déguster sur le

un mercier-regrattier *sous l'ancien régime* vendeur de grains, de charbon et de sel

clouté d'amandes (mit Mandeln gespickt)

velu,e qui a beaucoup de poils

boiteux, -se qui marche avec difficultés en s'appuyant toujours sur la même jambe

l'ivresse *f* état dû à une consommation trop grande d'alcool (Trunkenheit)

une quille [kij] (Kegel)

une flaque petite étendue d'eau

une cruche (Krug)

entrechoquer gegeneinanderstoßen)

aller au-devant de qn aller à sa rencontre

déguster goûter

parapet une bouteille de vin muscat qu'il était sur le point de boire tout seul.

– Je veux bien, dit Maître Pancrace. Je veux bien, car j'ai grand besoin de chasser des idées déplaisantes qui me mettent en souci.

– Ma foi, dit le capitaine, la politique n'a pas tellement d'importance, et tout ce que l'on dit sur le Régent et sur une guerre possible, je m'en moque comme d'une guigne. Car si jamais les Anglais . . .

– Il ne s'agit pas des Anglais, ni de politique, dit Maître Pancrace.

Le capitaine remplit deux gobelets et demanda:

– Auriez-vous des soucis personnels?

– Personnels et généraux, dit Maître Pancrace. Il leva son verre, le regarda par transparence, et le but d'un trait.

Cependant, d'autres compères, qui avaient vu la bouteille, s'avançaient, le gobelet à la main. Le capitaine éclata de rire, et courut chercher une autre bouteille, pendant que les arrivants saluaient le docteur.

– Mes amis, dit-il quand il revint et tout en enfonçant le tire-bouchon, il va falloir boire trois coups de suite à la santé de Maître Pancrace, car notre ami a des soucis.

– Et lesquels? demanda le notaire.

– Il s'agit plutôt d'une inquiétude, dit le docteur, et peut-être injustifiée. Du moins je l'espère.

Il but un second verre de vin, pendant que le capitaine remplissait les gobelets. Puis, comme il vit que tous attendaient qu'il parlât, il reprit:

– Mes amis, j'ai passé la journée aux Infirmeries du Port, en compagnie de M. Croizet, chirurgien-major de l'Hôpital des Galères, et de M. Bozon, un autre chirurgien de mérite, qui a fait plusieurs voyages au Levant, et qui connaît bien les maladies de ces pays, qui sont fort malsains. Les échevins nous avaient convoqués pour examiner les cadavres de trois portefaix des infirmeries, dont on craignait qu'ils ne fussent morts de la peste.

A ces mots, tous s'entre-regardèrent, et une grande inquiétude marqua les visages.

– Et alors? demanda Maître Passacaille.

– Eh bien, mes confrères ont été formels! Il ne s'agit pas

ma foi certes, en effet

une guigne petite cerise rouge et sucrée

Je m'en moque comme d'une guigne Cela m'est complètement égal

un gobelet verre sans pied

d'un trait d'un coup

un compère *vx* ami, camarade

M. Bozon *cf p. 66*

malsain,e qui n'est pas bon pour la santé

un échevin *sous l'ancien régime* magistrat municipal

convoquer faire venir

un portefaix *vx* porteur, *cf p. 65*

un confrère collègue

formel,le catégorique

de la peste, et ils l'ont dit fort clairement dans leur rapport à Messieurs les échevins.

– Mais vous, qu'en pensez-vous? demanda le capitaine.

Maître Pancrace hésita, puis dit:

– J'ai refusé de conclure. Certes, je n'affirme pas que ces malheureux sont morts de la peste. Mais j'ai vu certains bubons qui m'ont laissé quelques doutes…

Il vit que ses amis s'écartaient un peu de lui, comme effrayés.

– Rassurez-vous, leur dit-il. Pour examiner cette pourriture, nous avions quitté tous nos habits, et revêtu des blouses trempées dans un vinaigre si puissant que la peau m'en cuit encore. Et de plus, avant de partir, nous avons fait grande toilette médicale. D'ailleurs, c'est peut-être à tort que je m'inquiète, car depuis que j'ai bu ces deux verres de vin, il me semble que mes confrères ont eu raison.

– Il y a tant de maladies qui nous viennent par les navires! dit le capitaine. Je connais cent sortes de fièvres, et c'est toujours la même chose: une grande chaleur de la peau, des plaques rouges, des plaques noires, du pus, des vomissements, et on n'y comprend rien… Quand il en meurt beaucoup, on dit que c'est la peste, et ceux qui restent meurent de peur.

– Surtout à Marseille! dit le clerc, qui venait d'arriver. Il s'appelait Norbert Lacassagne, il avait trente ans et se croyait du Nord parce qu'il était de Valence.

Il enseignait le solfège, la mélodie, la fugue et le contrepoint: les Marseillais n'étaient pas fous de musique, et c'est pourquoi le clerc avait les fesses petites. Mais il avait le cœur grand, et une jolie lumière dans les yeux.

– Qu'est-ce que tu as encore à dire sur Marseille? dit Garin le Jeune.

– J'ai à dire, répondit le clerc, que je suis venu ici il y a cinq ans, et que depuis cinq ans j'ai entendu annoncer au moins trois fois par semaine que la peste venait d'éclater aux Infirmeries.

– C'est assez vrai, dit Maître Passacaille. Mais il faut dire que nous avons de bonnes raisons de la craindre!

– Les historiens, dit Maître Pancrace, ont relaté dix-neuf

un bubon (Pestbeule)

une pourriture *ici:* *vx* maladie infectieuse

une plaque tache

le pus [py] (Eiter)

un vomissement fait de rejeter par la bouche ce qu'on a mangé ou bu (Erbrechen)

un clerc [klɛr] *vx* personne instruite

Valence *ville à 225 km au nord de Marseille*

le solfège étude des principes élémentaires de la musique et de sa notation

les fesses *f* le derrière; *ici*: manière plaisante de présenter le clerc

relater faire un rapport sur qc

épidémies de peste dans cette ville. Trois ou quatre furent d'assez courte durée, mais chacune des autres dévasta la cité pendant plus d'une année, et la laissa presque déserte...

– Il en reste le souvenir dans les familles, dit le notaire... J'ai encore dans mon étude un grand nombre de testaments qui furent rendus vains, car tous les héritiers étaient morts en même temps que le testateur...

– Et moi, dit Garin le Jeune, ma famille aurait totalement disparu en l'année 1649 si par bonheur l'un de mes ancêtres, qui était armurier dans un régiment du roi, ne se fût trouvé en Alsace au moment de l'épidémie. Onze Garin étaient morts de la contagion, et c'est de la seule souche de ce militaire exilé que la famille put repartir...

– Je comprends, dit le clerc, que ces souvenirs soient un peu effrayants. Mais cependant, nous ne sommes plus à l'époque de l'ignorance, et les bateaux n'entrent plus dans les ports aussi librement qu'autrefois... Il y a des visites, des patentes nettes, des quarantaines...

– Il est évident, dit Maître Pancrace, que nous sommes mieux protégés qu'autrefois, et que notre science a fait d'immenses progrès... Et il me semble tout à fait certain qu'en cas d'épidémie...

A ce moment s'éleva la voix rauque et puissante du marchand drapier, qui venait d'arriver.

– En cas d'épidémie, dit-il, il est tout à fait certain que la volonté de Dieu sera faite, comme toujours, et que tous vos soins n'y changeront rien... Ce qui importe, c'est d'être prêt à partir, comme je le suis, car j'arrive de confesse...

Il fit un large sourire satisfait. Puis il ajouta:

– Est-ce vrai que l'on a des raisons de craindre la... maladie?

– Quelques soupçons seulement, dit Maître Pancrace.

– Dieu reconnaîtra les siens! dit solennellement Maître Combarnoux.

Sur quoi, il tourna les talons et s'en alla vers sa maison.

– Ma foi, dit le clerc, voilà un homme bien heureux d'avoir une foi si parfaite! Il ne sourira peut-être pas autant quand son tour viendra de faire le saut!

une étude le bureau d'un notaire
vain,e *ici:* annulé
un,e héritier, -ère (Erbe)
un testateur *dr* auteur d'un testament
un,e ancêtre personne dont on descend
un armurier qui prend soin des armes
la contagion épidémie
la souche *ici:* ce qui est à l'origine d'une famille
l'ignorance *f* fait de ne rien savoir
une patente nette *opposée à la patente brute; ce document attestait l'absence d'épidémies à bord d'un navire*
la confesse *rel* avouer ses mauvaises actions à un prêtre
un soupçon (Verdacht)
tourner les talons partir
la foi *rel* la croyance

– Allons, dit Maître Pancrace, je me sens tout à fait ragaillardi, et je vous conseille, jusqu'à nouvel ordre, de n'y plus penser, car nos inquiétudes n'y changeraient rien... Faites donc votre partie de quilles; moi, je vais me plonger dans mes livres, à tout hasard...

ragaillardi,e qui a repris des forces

Quelques jours se passèrent, sinon sans une vague inquiétude, mais sans angoisse. Les Marseillais oublient assez facilement les pires soucis. Quelques rumeurs de la ville montèrent cependant jusqu'à la placette: on disait que le chirurgien des Infirmeries – l'un de ceux-là mêmes qui avaient nié le danger – était mort de la peste, avec toute sa famille: mais comme il s'agissait de rapports de bouche à oreille, entre gens qui n'avaient rien vu par eux-mêmes, on n'y crut pas entièrement, d'autant moins que chaque soir, lorsque rentrait Maître Pancrace, à tous ceux qui accouraient aux nouvelles, le docteur répondait:

– Rien de certain pour le moment. Soyez tranquilles: si la contagion se déclare, je serai le premier à vous en avertir.

Mais il paraissait toujours soucieux et les hommes ne jouaient plus aux quilles.

l'angoisse *f* la peur

une rumeur nouvelle qui se répand dans le public, bruit qui court

Ce fut le 10 juillet dans l'après-midi que Maître Pancrace rentra de bonne heure, au galop du petit cheval. Seul le capitaine, sur le parapet, fumait pensivement son brûle-gueule.

– Capitaine, dit Maître Pancrace, réunissez tous les hommes chez moi, le plus tôt possible. J'ai une grave nouvelle à leur annoncer. Tâchez de ne pas leur parler devant les femmes ni devant les enfants.

Sur quoi il rentra chez lui, précipitamment.

un brûle-gueule courte pipe

précipitamment très vite

Une heure plus tard, les hommes étaient assemblés dans le grand salon du docteur: ils étaient sombres et pensifs, car ils savaient déjà quelle nouvelle ils allaient apprendre, d'autant plus clairement que la servante leur avait dit:

– Maître Pancrace est en train de se baigner dans une eau vinaigrée, et il m'a ordonné de brûler ses vêtements.

– Tous ses vêtements? demanda le notaire.

– Tous ceux qu'il portait sur lui, dit la vieille Aliette. Oui, sa chemise de fil, son jabot de dentelle, ses grands bas de laine d'Écosse, la belle redingote bleue et ses souliers à ganse de soie... Tout cela, mes bons messieurs, c'est maintenant de la cendre dans le fourneau de la cuisine!

La grandeur d'un tel sacrifice prouvait la gravité du danger, et le silence devint plus lourd...

Enfin, la porte s'ouvrit sans bruit, et Maître Pancrace parut. Il était vêtu d'un long drap de bain, qui lui donnait l'allure d'un sénateur romain. Ceux qui étaient assis se levèrent: il alla s'adosser à la cheminée.

– Mes amis, dit-il, je vous demande d'abord de ne pas perdre la tête, vous êtes des hommes, et je vous crois capables de supporter le choc d'une très grave nouvelle. Mon devoir et mon intérêt me commandent de vous avertir. Il est malheureusement certain que la maladie dont tout le monde parle, c'est la Peste.

– C'est donc que Dieu l'a voulu, dit paisiblement le drapier.

Les autres restèrent un moment muets comme des pierres – puis le notaire, d'une voix qui parut assourdie, demanda:

– Vous avez *vu* des pestiférés?

– On reconnaît maintenant, dit Maître Pancrace, que les deux portefaix de l'autre jour étaient bien morts de la peste, car un troisième, qui faisait équipe avec eux, vient d'en mourir à son tour... Deux grands médecins de Montpellier sont venus tout exprès pour en faire l'autopsie, et leurs conclusions n'admettent aucun doute sur la nature de la maladie.

D'autre part, le bruit qui courait de la mort du chirurgien et de toute sa famille vient de m'être confirmé par messieurs les échevins, qui jusqu'ici avaient gardé secrète cette grave nouvelle. On ne peut douter que ces pauvres gens soient morts, eux aussi, par la contagion des portefaix que le chirurgien avait soignés.

Le clerc Norbert, qui arrivait de la ville, dit alors:

un jabot de dentelle (Hemdkrause aus Spitzen)
une redingote *vx longue veste pour hommes*
une ganse (Schleife)
la cendre ce qui reste d'une chose qui a brûlé
un sacrifice (Opfer)

s'adosser avoir le dos appuyé contre qc

faire équipe avec qn travailler ensemble

– Maître, je crois pouvoir vous rassurer, car j'ai justement rencontré un de mes amis, qui est l'assistant d'un médecin de l'hôpital. Il m'a déclaré que la contagion est en effet aux Infirmeries, mais que c'est là un accident fréquent. Les Infirmeries sont bien organisées pour combattre la peste, et il est tout à fait certain qu'elle n'en sortira pas.

– Il est tout à fait certain, dit Maître Pancrace, que cette fois elle en est sortie.

Garin le Jeune ouvrit énormément ses yeux, puis la bouche: mais il ne put parler.

– Peste! s'écria le capitaine.

– C'est bien le cas de le dire, répondit le clerc.

Peste! *interjection marquant la stupéfaction*

– Et où est-elle? demanda Maître Passacaille, qui gardait tout son sang-froid.

– En deux ou trois endroits, dit le docteur. A la place de Lenche, un marinier nommé Eissalène en est mort voici plus d'une semaine. Ces jours-ci, un tailleur nommé Creps est mort avec toute sa famille à la place du Palais. Enfin, ce matin même, je viens de voir mourir une nommée Marguerite Dauptane sur le trottoir de la rue de la Belle-Table. Ce n'est pas encore la grande épidémie, mais je vous déclare que toute la ville est en danger.

un marinier *vx* un marin
Eissalène *en réalité Issalenc, pour tout ce passage cf p. 65*

Dans un grand silence, Maître Pancrace alla s'asseoir dans un fauteuil, et but à petites gorgées un grand bol de bouillon que la vieille Aliette venait de lui apporter.

une gorgée (Schluck)
un bol (Schale)
le bouillon [bujõ]

– Elle est en danger, dit enfin le drapier, à cause de ses fautes et de ses crimes, qui sont innombrables, et qui durent depuis trop longtemps. Dieu a eu patience jusqu'ici – mais il me semble que sa colère commence, et qu'elle ne s'arrêtera pas de sitôt.

pas de sitôt pas prochainement

– Notre bon Maître Pancrace, dit le clerc, voit peut-être les choses en noir.

– Je vois les choses en noir, dit Maître Pancrace, parce que la morte que j'ai vue était précisément toute noire.

– Si c'est la peste noire, dit le capitaine, toute la ville va y passer. Car si seulement on regarde un pestiféré, le fil de ce regard suffit pour le passage de la maladie.

– Ce n'est pas tout à fait exact, dit Maître Pancrace. Mais il est vrai que les esprits subtils qui sont les agents de la

le fil de ce regard... *à l'époque on croyait que la maladie se transmettait par un simple échange de regards avec le pestiféré*
les esprits subtils... *méd pour l'époque, théorie révolutionnaire confirmée par la découverte des microbes en 1878*

maladie se propagent à une vitesse incroyable sur le moindre souffle d'air.

– Mais dès maintenant, demanda Maître Passacaille, que devons-nous faire?

– Pour le moment, notre danger n'est pas pressant. Nous jouissons ici d'un air excellent, parce que nous sommes au plus haut de la ville et qu'il est souvent purifié par le mistral. Mais nous devons prendre un certain nombre de précautions. Par exemple, nous ne laisserons pas les enfants sortir des jardins qui sont adossés à la colline, et où aucune personne étrangère ne pourra leur apporter la contagion. Nous-mêmes, ainsi que nos femmes, nous ne descendrons plus à la ville, sauf en cas de nécessité, et nous n'irons en aucun cas dans les quartiers qui entourent le port. Les provisions et nourritures, je conseille d'aller les chercher du côté des collines, et le plus loin possible, car la contagion se fait aussi par les aliments. Enfin, tous ceux qui auront été obligés de quitter notre placette pour aller à leurs affaires devront dès leur retour prendre un bain d'eau vinaigrée et se savonner du haut en bas, très consciencieusement. Ce sont des précautions peu obligeantes, mais qui suffiront à nous préserver, du moins pour le moment. Si la situation s'aggrave, nous aviserons en temps voulu.

se propager se répandre

le mistral *vent froid violent qui descend la vallée du Rhône*

les précautions (Vorsichtsmaßnahmen)
obligeant,e contraignant
préserver garantir de
aviser réfléchir; *ici:* prendre une décision

Le lendemain matin, Maître Pancrace réunit chez lui le boucher, le boulanger et l'épicier. Il remit à chacun d'eux quelques pièces d'or et leur dit:

– Mes amis, il faut penser à l'avenir. Vous allez atteler vos chevaux, et vous allez partir en expédition dans les villages du Nord, qui doivent être encore parfaitement sains. Toi, Romuald, dit-il au boucher, il faut que tu nous rapportes quelques moutons vivants, et cinq ou six cochons salés. Toi, boulanger, autant de sacs de belle farine que ta charrette en pourra porter. Et toi, dit-il enfin à l'épicier (qui s'appelait Bignon, mais qu'on appelait Pampette), prends des légumes secs, comme pois chiches et lentilles, mais prends surtout cinq ou six tonneaux, non pas de vin, mais de vinaigre, et le plus fort que tu pourras trouver.

atteler attacher des animaux à un véhicule

une charrette voiture à deux roues

des pois chiches *m* (Kichererbsen)
des lentilles *f* (Linsen)
un tonneau (Faß)

– J'en ai déjà quatre fûts dans ma cave, dit Pampette, et je crois…

– Je crois, interrompit Maître Pancrace, que si l'épidémie ne s'arrête pas, nous pleurerons de n'en pas avoir assez… D'autre part, apportez-moi plusieurs bottes de rue, de menthe, de romarin et d'absinthe; en les faisant macérer dans le vinaigre, nous obtiendrons une liqueur qui s'appelle le Vinaigre des Quatre Voleurs, et qui a fait merveille pendant la peste de Toulon, il y a tout juste soixante-dix ans. Ce n'est pas un remède à la maladie, mais cette lotion est un préservatif des plus efficaces, parce qu'il détruit les insectes invisibles qui propagent la contagion. Maintenant, allez, mes amis – mais ne voyagez pas ensemble, afin de ne pas trop attirer l'attention – et surtout, prenez soin de bien couvrir vos chariots d'une bâche, qui cachera leur chargement…

un fût [fy] un tonneau
une botte de rue *f bot* (ein Bund von Rauten)
la menthe (Pfefferminz)
l'absinthe *f* plante utilisée dans la fabrication d'un alcool du même nom
macérer (ziehen lassen)
le Vinaigre des Quatre Voleurs *Lors de la peste de Londres en 1665, cette mixture fut inventée et utilisée par des voleurs qui s'en frottaient les mains avant de fouiller les poches des cadavres jetés dans les rues*
un préservatif qui protège contre la maladie
efficace qui produit l'effet attendu
un chariot voiture à quatre roues
une bâche (Plane)

Les trois chariots partirent dans l'heure, et ne revinrent qu'à la tombée du jour. Ces trois hommes avaient bien rempli leur mission. L'un était allé du côté d'Allauch, à cause des moulins à blé, l'autre vers Simiane, et le troisième vers Aubagne.

Ils déclarèrent que sur leurs parcours tout leur avait paru tranquille, et que les paysans qui les avaient fournis n'avaient même pas posé de questions. Mais à ce moment même, Maître Garin le Jeune, qui revenait de la ville (où il était allé acheter de la poudre), leur déclara (de loin, car il n'avait pas encore pris son bain d'eau vinaigrée) qu'il avait vu des rues presque vides, un grand nombre de boutiques fermées, et qu'il avait rencontré un certain nombre de personnes qui circulaient sous des cagoules vinaigrées… Il aurait parlé plus longtemps si le docteur ne l'avait renvoyé d'urgence faire sa toilette.

Allauch [alo] *10 km à l'est de Marseille*
un moulin (Mühle)
Simiane *20 km au nord de Marseille*
Aubagne *17 km à l'est de Marseille, lieu de naissance de Pagnol*
une cagoule capuchon percé à l'endroit des yeux
d'urgence (in aller Eile)

Le rapport des approvisionneurs compensant en quelque sorte celui de Garin le Jeune, les gens de la placette ne furent pas alarmés outre mesure, et chacun dormit comme à l'accoutumée, sauf Maître Pancrace, qui se promena dans sa chambre jusqu'à l'aube.

outre mesure trop
comme à l'accoutumée comme d'habitude
l'aube *f* le matin de très bonne heure

Le lendemain matin, vers huit heures, comme chacun vaquait à ses occupations, on entendit soudain sonner le glas, à l'église de la Palud, puis à Saint-Charles, puis aux Accoules. Cela n'étonna personne, car on savait bien qu'il y avait chaque jour une dizaine de funérailles. Mais la brise apporta le son des cloches du Pharo, puis de celles d'Endoume, et les Catalans sonnèrent à leur tour.

Maître Pancrace sortit sur sa porte, et il écouta. Assis au bord du parapet, le clerc et le capitaine écoutaient aussi, quand la Joliette entra dans cette lamentation, puis l'Estaque, puis Saint-Henri, puis la lointaine chapelle du Rove, qui profita de la brise de mer pour lancer quelques notes dans ce triste concert.

– Je n'aime pas cette musique, dit Maître Pancrace.

– Il est certain, dit le clerc, que les menuets de M. Lulli sont bien plus agréables à l'oreille, et surtout à l'esprit... Mais pour moi, je ne crois pas encore que ce soit la peste. Mon ami l'assistant de l'hôpital m'a dit que nous étions à la saison des fièvres malignes, et que les marais de l'Huveaune répandent en ce moment un venin très subtil qui est la cause de cette petite contagion. Il y a aussi, en même temps, une recrudescence de la grande vérole, à cause de ces deux régiments venus de Toulon, et mon ami l'assistant...

– Ton ami l'assistant, dit brusquement Maître Pancrace, n'est qu'une andouille, qui se croit un savant parce qu'il donne des clystères. Je te dis que la Peste est lâchée dans la ville, et qu'au moins la moitié de ces gens vont périr.

– Je ne doute pas de votre science, dit modestement le clerc, mais j'espère que pour la première fois de votre vie vous vous trompez... En tout cas, comme il faut que j'aille en ville pour recevoir le prix de mes leçons de ce mois, je vous rapporterai des nouvelles fraîches avant midi.

– Plaise à Dieu, dit Maître Pancrace, que tu ne nous rapportes rien d'autre.

Le clerc se leva, sans pouvoir retenir un petit sourire, salua fort poliment, et s'en alla d'un pas léger.

Le capitaine le regarda s'éloigner avec un air d'inquiétude, puis il se leva, et mit ses mains en porte-voix;

– O Norbert!

vaquer à ses occupations faire ce qu'on a à faire
le glas [gla] cloche qui annonce la mort
les funérailles *f pl* cérémonies d'enterrement

Lulli *Jean-Baptiste Lulli (1632–1687)*, célèbre musicien et compositeur

maligne *ici:* dangereuse, susceptible de provoquer la mort
un marais terrain où l'eau reste sans couler
Huveaune *petite rivière qui traverse le nord-est de Marseille*
un venin un poison
une recrudescence *ici:* une reprise
la grande vérole *pop* la syphilis
une andouille *pop* un imbécile
périr mourir

Le clerc s'arrêta un instant, et se retourna.

– Si tu prends la peste, cria le capitaine, ne reviens pas crever ici!

Le clerc leva ses deux bras arrondis au-dessus de sa tête, sauta légèrement pour battre un entrechat, retomba en génuflexion, et sur le bout de ses doigts envoya un baiser vers la placette. Puis il mit ses poings sur ses hanches et descendit la côte en dansant.

Maître Pancrace passa la journée dans son cabinet, à compulser ses livres de médecine et d'histoire. Vers les midi, la vieille Aliette, sans dire un mot, vint dresser un couvert sur la petite table, devant la fenêtre, et servit ensuite, sur un long plat d'argent, un loup grillé sur un lit de fenouil.

En passant devant son maître, elle murmura très bas:

– Ce sera froid...

Maître Pancrace, le nez danz un très gros livre, répéta, d'une voix lointaine et sans timbre:

– Ça sera froid... mais ne dit pas autre chose.

Les glas sonnaient toujours au loin, et Maître Pancrace lisait: «Prenez un brin de rue au plus haut de la plante; un grain d'ail, un quartier de noix, un grain de sel de la grosseur d'un pois. Mangez cela tous les matins, et vous pouvez être assuré d'être prévenu de la peste.»

Il haussa les épaules, tourna la page, et tomba sur le remède du médecin allemand Estembach. La recette en était fort complexe, et lui parut intéressante, mais l'auteur de l'ouvrage ajoutait en note: «Il fit prendre ce remède à quatorze personnes, qui en moururent sur-le-champ: ce qui fut cause que nous ne voulûmes plus que ce médecin vît d'autres malades.»

Cependant, il continua sa lecture toute la journée, les poings aux tempes, sans un regard pour le beau poisson qui l'attendait sur son lit de fenouil...

Il lut au moins deux cents recettes; ce n'était que thériaque, scorsonère, genièvre, sel ammoniac, antimoine diaphorétique, oignons blancs et limaces écrasées... Les auteurs du livre parlaient de «bons résultats», «adoucissement des souffrances», et de «quelques guérisons surprenantes». Cependant, dans leurs conclusions, les auteurs proclamaient que «les seuls remèdes vrai-

crever *pop* mourir

une génuflexion action de plier un genou

la hanche (Hüfte)

compulser (consulter)

un loup *ici:* nom d'un poisson

le fenouil (Fenchel)

sans timbre qui ne résonne pas

un brin de qc un peu de qc

un grain d'ail (eine Spur Knoblauch)

une tempe (Schläfe)

la thériaque *vx remède universel employé contre les poisons, les migraines etc.*

la scorsonère *plante qui soignait les morsures de serpent*

le genièvre (Wacholder)

un antimoine diaphorétique *vx médicament à base de métal activant la transpiration*

une limace (nackte Schnecke)

ment efficaces étaient la Prière de saint Roch et la bénédiction de saint François».

Comme le soir venait, le bon médecin referma son livre, se leva, et vint rêver devant sa fenêtre.

Des enfants jouaient sur la placette au chat perché, aux billes, à la marelle… Il regardait avec tristesse ces innocents, si pleins de vie et de gaîté, et que menaçait une mort affreuse, lorsque les jeux s'arrêtèrent, et il vit que les enfants regardaient tous du même côté, avec une curiosité inquiète: et soudain, tous prirent la fuite vers les maisons, dont les portes claquèrent.

Maître Pancrace ouvrit sa fenêtre, et se pencha pour voir la cause de leur effroi.

Dans la rue qui venait de la Plaine Saint-Michel, il vit s'avancer un terrible cortège.

Deux hommes, vêtus de longues blouses grises, le visage caché sous une cagoule et les mains gantées de noir, marchaient les premiers. Leur main droite dressait une torche, leur main gauche agitait sans arrêt une clochette de cuivre. Derrière eux, on entendait grincer des essieux, et sonner sur le pavé les fers des chevaux… A mesure qu'ils se rapprochaient, Maître Pancrace distingua comme une psalmodie, et il reconnut bientôt les paroles du *Miserere*.

Tout le monde fut bientôt aux fenêtres, et l'effrayant cortège défila longuement…

Il y avait quatre charrettes, escortées par les pénitents noirs. Chacun portait un flambeau, et chantait les terribles paroles, sous la cagoule mortuaire.

Les morts étaient entassés pêle-mêle: on les avait jetés sur ces chariots, et quelquefois du haut d'une fenêtre… Un bras pendait, une jambe se balançait au bord d'un plateau sans ridelle, près d'une tête renversée, le menton pointé vers le ciel et la bouche ouverte… Beaucoup étaient nus. Sur le dernier véhicule, assis à l'arrière et adossé à un tas de cadavres, il y avait un mort tout habillé, en redingote de chasse, avec des bottes de cuir bleu, et un jabot de dentelle blanche sous un menton noir comme du charbon…

Comme un moine marmonnant passait juste sous sa fenêtre, Maître Pancrace l'interpella:

saint Roch [rɔk] *patron de la peste*
la bénédiction fait d'appeler la protection de Dieu sur qn
saint François *saint François d'Assise*
être perché,e être monté sur qc
jouer au (à) chat perché *jeu où un enfant doit attraper un autre enfant qui peut cependant – pour se défendre – monter sur qc (chaise, pierre etc)*
une bille petite boule (Murmel)
la marelle (Hinkelspiel)
un innocent *contr* coupable
claquer produire un bruit sec
l'effroi *m* une grande peur
un cortège toute marche de personnes, de voitures disposées en colonne, en file
une torche (Fackel)
le cuivre (Kupfer)
grincer produire un son aigu et désagréable (kreischen)
un essieu un axe
le pavé (Pflaster)
défiler passer
escorter accompagner
un pénitent *rel* qui regrette et répare ses fautes (Büßer)
un flambeau une torche (Fackel)
mortuaire relatif à la mort
pêle-mêle en désordre
une ridelle côté d'un chariot nécessaire pour maintenir la charge
le cuir (Leder)
marmonner murmurer
interpeller s'adresser à qn pour le questionner

– Mon frère, où allez-vous?

– Au cimetière des Chartreux, dit le frater. Il n'y a plus de place ni à Saint-Charles ni à Saint-Michel.

– Mais comment se fait-il qu'en si peu de temps ... ?

– Il se fait que les bonnes gens tombent comme des mouches, et qu'on n'a même plus le temps de les confesser ... Pour moi, je crois que mon épreuve est presque finie, car j'ai un gros bubon qui me pousse sous le bras gauche. Je crois que j'arriverai au cimetière, mais j'ai bon espoir de n'en pas revenir ...

Tandis qu'il parlait, un sang noirâtre suintait aux coins de sa bouche. Pancrace referma brusquement sa fenêtre et courut se laver la figure au vinaigre, pendant que les chants funèbres s'éloignaient ... et le médecin n'eut pas besoin d'appeler ses voisins: ils arrivèrent chez lui en foule, comme pour se mettre sous sa protection. Le vestibule était bondé, et comme tous ne pouvaient entrer, Maître Pancrace les pria de sortir dans son jardin, pour y discuter de la situation.

suinter tomber goutte à goutte
funèbre relatif aux funérailles, à l'enterrement
un vestibule l'entrée d'une maison
bondé,e plein

Pendant que tout ce monde prenait place, on vit arriver Maître Passacaille, le notaire, roulé dans un drap trempé de vinaigre, car il remontait de la ville. Il était très pâle, et son visage était crispé par une sorte de rictus: mais son regard était net et brillant, comme d'ordinaire, car c'était un homme courageux.

crisper contracter
un rictus sorte de sourire forcé, grimaçant

– Mon cher ami, dit-il au docteur, j'ai voulu en avoir le cœur net et j'ai visité plusieurs quartiers, sous une cagoule vinaigrée, afin d'éviter, s'il est possible, la contagion. Le cortège qui vient de passer vous a tous frappés de terreur: eh bien, sachez que j'en ai vu au moins cinquante, et plusieurs étaient composés d'une dizaine de chariots. Depuis deux jours, la contagion s'est répandue comme la foudre, depuis les Catalans jusqu'à l'Estaque, et il a fallu rompre les fers de cinquante galériens, à qui l'on a promis la liberté pour leur faire ramasser les morts dans les rues. J'ai vu mon ami Estelle, l'échevin: tous ces messieurs sont au désespoir. Trente-deux chirurgiens et seize médecins sont morts en trois jours. On a fait appel à ceux de Montpellier, de Toulon, d'Aix et d'Avignon. Il en est arrivé, m'a-t-il dit, seize, ce matin même. A trois heures, l'un d'eux était mort ... Tous les religieux de la

rompre les fers de qn libérer
Estelle *cf p. 66*

ville sont en campagne, avec un dévouement admirable. J'en ai vu, agenouillés sur les trottoirs, pour confesser des mourants. Voilà ce que j'avais à vous dire ... Maintenant, comme je ne suis pas sûr d'avoir évité la contagion, je vais m'enfermer pendant trois jours dans ma cave, où j'ai fait porter quelques nourritures. Je n'en sortirai que le quatrième jour, avec la certitude d'être sain. Si par malheur le fléau m'a touché, laissez-moi mourir solitaire, et ne risquez pas la vie de tous pour me donner une sépulture: murez simplement la porte et le soupirail.

– Vous risquez donc, dit le drapier, de mourir sans confession?

– Je prends ce risque, dit Maître Passacaille, pour l'amour de ces enfants, et je crois que le bon Jésus, qui les aime particulièrement, daignera confesser lui-même le vieux fripon de notaire que je suis.

Sur ces paroles étonnantes, Maître Passacaille fit demi-tour, et s'en alla sur ses longues jambes vers sa cave, où l'attendaient six bouteilles de vin autour de quatre poulets rôtis.

– Voilà un bien grand honnête homme, dit Maître Pancrace, et qui nous a donné grand exemple. Maintenant, asseyez-vous sur l'herbe, et écoutez-moi.

«Je me suis posé, depuis quelques jours, une très grave question: ne devrais-je pas, puisque je suis médecin, partir pour la ville, et donner mes soins à ces milliers de malheureux? J'y laisserais très probablement ma vie: mais n'est-ce pas une mort honorable pour un médecin?

– Non, non, crièrent plusieurs voix.

– Restez avec nous! Restez avec nous! disaient les femmes.

– Attendez un instant, dit Pancrace. Car il faut que je justifie par avance la conduite que je vais tenir.

«Je connais la peste, puisque j'ai soigné des milliers de malheureux pendant l'épidémie de Hambourg, en Allemagne ... J'ai parlé souvent de ce fléau, avec mes confrères, et j'ai étudié tout ce qui fut écrit à ce sujet, non seulement en langue française, mais en latin, en anglais et en allemand. Ma conviction est faite, et je suis de l'opinion de M. Boyer, le très grand médecin de la marine de Toulon. «La peste, a-t-il écrit, est une maladie cruelle

s'agenouiller se mettre à genoux

la certitude fait d'être certain

un fléau (Geißel, Plage)

une sépulture un tombeau

un soupirail *dans une cave* petite ouverture qui sert à donner de l'air et du jour

daigner consentir à qc

un fripon un filou

l'épidémie de Hambourg *probablement celle de 1712–1713*

la conviction opinion ferme, définitive

cruel,le qui fait souffrir

que l'on ne guérit pas, qui se communique, et dont les vrais préservatifs sont la flamme et la fuite.» L'historien grec Thucydide était déjà de cet avis. Il existe plusieurs centaines de remèdes: mais il est absolument prouvé qu'ils ne servent à rien, sinon à précipiter la fin des malades, ce qui, en somme, n'est pas un mal, mais n'est pas le but que nous voudrions atteindre.

«Je crois donc que soigner les pesteux, c'est soigner des morts, tandis que notre devoir, c'est de préserver les vivants . . .»

un,e pesteux, -se qui a la peste

Il y eut un long murmure, fait de soupirs de soulagement, et même de quelques petits rires.

le soulagement (Erleichterung)

– Est-il possible, poursuivit Pancrace, de vous préserver du fléau?

Il attendit quelques secondes, et dit avec force:

– Oui.

A ce moment, on entendit la voix de Maître Passacaille; elle sortait du soupirail, et elle disait:

– Estelle m'a dit qu'il n'y avait eu aucun malade chez les chanoines de Saint-Victor, qui ont pris la précaution de murer les ouvertures de leur couvent!

un chanoine (Chorherr)

– J'allais justement dire, s'écria Pancrace, que dans toutes les épidémies les ordres religieux cloîtrés n'ont même jamais entendu parler du fléau qui faisait rage autour de leurs couvents. Eh bien, mes amis, nous allons suivre leur exemple, qui est fort peu honorable pour des moines qui devraient tout sacrifier à la charité chrétienne, mais qui convient parfaitement à des citoyens chargés de famille.

cloîtré,e qui vit enfermé, à l'écart du monde

un citoyen celui qui a des droits politiques dans un pays

«Nous allons d'abord accepter, de bonne volonté, une discipline rigoureuse: à partir d'aujourd'hui, personne ne sortira d'ici.

Le drapier bourru parla brusquement:

bourru,e peu aimable

– Et la Sainte Messe? Il me faut descendre tous les jours, avec toute ma famille, jusqu'à l'église de la Madeleine – et j'avise ceux qui n'y vont guère d'ordinaire que c'est peut-être le moment d'y assister tous les matins, et plutôt deux fois qu'une!

aviser *ici:* informer

Et il regardait fixement Maître Pancrace, qu'on ne pouvait guère citer en exemple pour sa piété.

la piété *rel* (Frömmigkeit)

– Je vous déclare, dit le docteur, qu'il faut renoncer à la

messe pour quelque temps. Le Bon Dieu qui nous voit saura bien que ce n'est pas par manque de zèle: il n'ignore pas, en effet, qu'une église, comme d'ailleurs tous les lieux de réunion, est un très dangereux foyer de contagion. Tout le monde ici connaît la fermeté de votre foi – mais si en revenant de la messe vous rapportez la Peste dans notre petite communauté, est-ce que vous aurez agi en bon chrétien?

– Je trouve, dit le drapier avec force, qu'il faut être un bien grand mécréant pour admettre qu'il est possible de prendre la peste en écoutant la Sainte Messe! Je dis que les bons chrétiens n'ont rien à craindre du fléau! Pour moi, tant que mes jambes pourront me porter, je ne manquerai pas un seul jour d'aller assister au divin sacrifice. Ça ne m'est jamais arrivé depuis ma première communion, ça ne m'arrivera pas demain!

– Ainsi donc, dit Maître Pancrace, vous avez décidé de nous rapporter ici l'infection et la mort?

– Je n'ai pas la prétention de rien décider, dit le drapier, d'un ton rogue. C'est Dieu qui décide seul, et vos efforts pour échapper à sa volonté sont non seulement ridicules, mais impies. S'il lui plaît de nous envoyer la peste ou la mort, il est fou de prétendre lui résister, et je ne vous soutiendrai pas dans cette entreprise criminelle, qui ne peut aboutir à rien. Je vous préviens donc que demain matin j'irai à l'Église avec toute ma famille, après quoi, je me rendrai à Saint-Barnabé pour voir mon frère, dont je n'ai pas eu de nouvelles depuis cinq jours, et je rentrerai chez moi demain soir, ne vous en déplaise.

Sur quoi, il enfonça son chapeau sur sa tête, et sortit.

– Voilà un honnête imbécile, dit Maître Pancrace, qui nous coûtera peut-être la vie.

– Oh que non! dit le capitaine. Il n'y a qu'à l'enfermer dans une cave avec toute sa famille…

– S'il revient demain soir, c'est ce que nous ferons, dit Maître Pancrace.

– Et pourquoi ne pas l'enfermer tout de suite? demanda Garin le Jeune.

– Parce que, dit le docteur, j'espère que ce qu'il va voir demain lui rendra la raison, et que c'est en tremblant qu'il nous réclamera le vinaigre sauveur. Parlons mainte-

le zèle (Eifer)

un foyer de contagion (Ansteckungsherd)

un mécréant qui n'a pas de religion

rogue arrogant, méprisant

impie qui méprise la religion

soutenir faire en sorte que qc continue ou reste

Ne vous en déplaise que cela vous plaise ou non

nant de notre organisation, car il va falloir vivre comme des assiégés. Avons-nous des provisions suffisantes?

– En tout cas, dit Maître Garin, l'eau ne nous manquera pas. La fontaine n'a jamais coulé avec tant de force...

– Je crois, dit le docteur, qu'il serait sage de ne pas nous en servir. Cette eau vient du bassin des Chartreux, qui est alimenté par l'Huveaune – et il suffirait qu'un pestiféré tombât dans cette rivière, ou seulement y rafraîchit ses bubons, pour que cette eau soit empoisonnée. Nous ne boirons que l'eau des puits.

– Il y en a bien quatre mètres dans le mien, dit Maître Garin, ce qui fait, à mon estime, un bon millier de cruches.

– Chez moi, dit Bignon l'épicier, je n'en ai que deux mètres, mais le niveau se maintient toute l'année... Si j'en tire avec excès pour l'arrosage, il est vrai qu'il baisse un peu, mais il remonte dans la nuit...

– Donc, dit Maître Pancrace, pas de crainte pour l'eau... Maintenant, la nourriture.

Bignon l'épicier s'avança.

– Avec ce que nous avons apporté à nos derniers voyages, mes caves sont grandement garnies. J'ai d'abord une bonne douzaine de barils d'anchois, que j'avais fait venir de Toulon bien avant la catastrophe, et dix caisses de morues salées. J'ai toute une cave de pommes de terre, cinq barils d'huile d'olive, de grands bocaux d'épices, cinq ou six sacs de pois chiches (ils ont été un peu attaqués par les charançons, mais il n'y aura qu'à les trier) et deux cents livres de lentilles. Et puis, dit-il en riant, j'ai mes courges en bois!

Il avait en effet acheté, à un capitaine espagnol, une petite cargaison de courges, qui n'avaient de courges que le nom. C'étaient des sphères de bois, pareilles à de gros boulets de canon, et presque aussi dures. Mais quand on les sciait en deux, on y trouvait bel et bien une pulpe blanche, savoureuse, et nourrissante. Cependant, les clientes de Patrice, effrayées par l'aspect et la sonorité de cet étrange légume, lui avaient laissé pour compte la plus grande partie de la cargaison. Il s'en consolait, en disant:

– L'écorce est imperméable, et ça reste frais pendant quatre ans!

assiéger *mil* encercler

à mon estime d'après moi

avec excès *ici:* de trop
l'arrosage action de mouiller la terre

un baril [bari(l)] un petit tonneau
un anchois (Sardelle)
une morue (Stockfisch)
un bocal récipient en verre
une épice (Gewürz)
un charançon (Kornwurm)
trier *ici:* séparer les bons pois chiches des mauvais
une livre un demi-kilo

une courge (Kürbis)

scier [sje] (sägen)
la pulpe la chair d'un fruit
savoureux,-se agréable au goût
une cargaison le chargement d'un navire
une écorce enveloppe de certains fruits
imperméable qui ne laisse pas passer l'eau

Mais son fils, qui était d'un caractère enjoué, préconisait l'ouverture d'une fabrique de bilboquets.

– Est-ce qu'il vous en reste beaucoup? demanda Maître Pancrace.

– Il y en a deux caves pleines jusqu'au plafond! dit le fils.

– Elles vont peut-être nous sauver la vie, dit le médecin. Et toi, boulanger, combien as-tu de farine?

Le beau boulanger réfléchit fortement, car il avait l'esprit très lent, et dit enfin:

– J'ai douze balles de farine, qui doivent faire au moins douze quintaux de cent livres.

– Combien cela fait-il de kilos de pain?

– Un peu plus du double, dit le boulanger. Mais ce qui me manquera, c'est le bois! Je n'en ai que pour une semaine...

– Si c'est nécessaire, dit Maître Pancrace, nous brûlerons nos parquets. Mais nous n'en sommes pas encore là!

– Et puis, dit Garin le Jeune, l'hiver n'a pas été dur, et il en reste, des provisions, dans toutes les caves...

On entendit alors parler le soupirail; le notaire disait:

– Il m'en reste au moins deux charretées!

– Comment vous sentez-vous? lui cria Pancrace.

– Un peu chaud, cria le notaire. Mais je crois que c'est à cause des deux bouteilles de vin que je viens de boire, et qui m'ont grandement revigoré!

– C'est sûrement le vin, cria encore Pancrace. Maintenant, essayez de dormir!

– Je ne peux pas! cria le notaire. Ce que vous dites m'intéresse trop! Continuez! Continuez! Demandez au boucher ce qu'il a!

Le gros Romuald s'avança, un peu intimidé, et il dit très vite:

– J'ai la moitié d'un bœuf, un veau et trois moutons. Si nous sommes une centaine, ça peut nous faire quinze jours. Peut-être trois semaines, si la viande se conserve...

– Ma cave est glacée, dit le docteur. Je la mets à ta disposition.

– Et si ça dure plus de trois semaines? dit le notaire.

– Ma foi, dit le docteur, il y a dans les écuries ma mule, la vôtre, et les deux chevaux du boucher.

enjoué,e gai

préconiser recommander

un bilboquet *jouet formé d'un petit bâton pointu à l'extrémité, dans lequel on doit enfiler une boule percée qui lui est reliée par une petite corde*

un quintal,-aux *vx* 50 kilos; *mod* 100 kilos

une charretée la charge d'une charrette

revigorer redonner des forces

intimidé,e *contr* rassuré

une mule (Mauleselin)

– Vous voulez manger mes chevaux? dit le boucher horrifié.
– Nous voulons vivre, dit le docteur. Et toi aussi, tu veux vivre. Si on les mange, on t'en achètera de plus beaux après.

Enfin, dans un élan de générosité, chaque commère vint avouer la liste de ses provisions: il était d'usage, à cette époque, de garnir les placards et les resserres aussi complètement qu'on le pouvait, car le ravitaillement – même dans une grande ville – n'était pas toujours assuré comme il l'est aujourd'hui.

Les grands-mères triomphèrent avec un si grand nombre de pots de confitures que Garin le Jeune les soupçonna d'exagérer (en quoi il se trompait) et les ménagères déclarèrent trente toises de saucissons, plusieurs douzaines de jambons, des sacs de châtaignes sèches, de la farine de maïs, des pois chiches, des lentilles, des haricots, le tout en quantités si grandes que Maître Pancrace se frotta les mains joyeusement, et déclara:
– Mes amis, je pense qu'avec un peu d'économie nous pourrons tenir au moins quatre mois. D'ici là, les légumes que nous allons planter dans nos jardins auront mûri, ce qui nous donnera un ou deux mois de plus, si c'est nécessaire: c'est-à-dire que nous sommes sauvés!

Alors, le capitaine s'avança, et dit, de l'air d'un homme offensé:
– Et moi? On ne me demande rien?
– Un homme seul, dit Pancrace, n'a pas beaucoup de provisions...
– Parce que vous oubliez le principal, dit le capitaine. Moi, je puis mettre à la disposition de la communauté quatre barriques de bon vin, c'est-à-dire près de mille bouteilles: deux tonnelets de rhum, un petit fût d'eau-de-vie, et plus de cent bouteilles de liqueurs différentes, comme marasquin, aguardiente, schnaps, kirsch et brandevin, qui sont les meilleurs remèdes du monde!

On lui fit – à voix basse – des acclamations.
– Et maintenant, dit Maître Pancrace, je vous conseille d'aller dîner de bon appétit. Mais vous viendrez ensuite défiler chez moi, je vous examinerai l'un après l'autre,

une commère *vx* voisine, amie
une resserre endroit où on range qc
le ravitaillement approvisionnement
une toise *vx* mesure valant 2 mètres environ
une châtaigne (Kastanie)
offenser *fig* blesser
une barrique un tonneau d'environ 200 litres
le marasquin liqueur faite avec la marasque (cerise)
l'aguardiente *f* eau-de-vie espagnole

afin d'être certain de ne pas enfermer le loup dans notre bergerie… A tout à l'heure.

Au loin, les glas sonnaient toujours, mais déjà tous reprenaient courage, à cause du plan du docteur.

Tandis que chacun rentrait chez soi, on entendit, une fois encore, la voix de Maître Passacaille, qui appelait le capitaine, et le négrier courut au soupirail.

– Qu'y a-t-il? Etes-vous plus mal?

– Non, dit le notaire d'une voix forte. J'ai l'impression que je vais vers la guérison. Mais je crois qu'elle serait hâtée si vous m'apportiez l'une de ces bouteilles dont vous avez parlé tout à l'heure!

– Voilà une idée raisonnable, dit le capitaine.

Et il partit en courant vers sa cave.

Après le dîner, Maître Pancrace examina d'abord les enfants: comme ils n'avaient pas quitté la placette depuis deux semaines, la revue fut assez vite faite. Ce fut ensuite le tour des hommes: presque tous étaient allés à la ville, et l'examen du docteur fut minutieux.

Il les faisait étendre tout nus sur la table, et il examinait d'abord toute la surface de leur peau. Puis il flairait leur haleine, examinait leur langue et leur gorge, tâtait leur pouls, palpait leur ventre, leurs aisselles, leurs aines, à la lumière de quatre flambeaux. Chaque fois qu'il disait: «Celui-ci est sain», la vieille Aliette s'approchait et frictionnait l'homme avec le bon vinaigre des Quatre Voleurs; alors, il sautait de la table, et il éclatait de rire.

Vers la minuit, ce fut le tour des femmes, puis des demoiselles. Quatre commères vinrent tenir les flambeaux. On remarqua que Maître Pancrace apportait beaucoup de soin à cet examen: il resta parfois plus d'une minute à caresser la blanche peau d'une rougissante demoiselle, puis il cherchait de fort près, et pour ainsi dire du bout du nez, la moindre trace d'écorchure, ou le plus petit bouton: c'est que la peste est une maladie fort insidieuse qui débute parfois à très petit bruit. Enfin, vers les trois heures du matin, tout fut fini, et le docteur déclara qu'en toute certitude la peste n'était pas entrée dans leur retraite, et ce fut une rumeur de joie.

une bergerie lieu ou bâtiment où l'on abrite les moutons

un négrier marchand d'esclaves, *ici:* le capitaine *cf p. 11*

hâter faire arriver plus tôt, plus vite

minutieux, -se détaillé

flairer chercher qc en essayant d'en reconnaître l'odeur

l'haleine *f* le souffle

tâter le pouls *méd* examiner le battement du pouls

palper *méd* examiner en touchant

une aisselle partie creuse sous le bras

l'aine *f anat* (Leiste)

une écorchure (Schramme)

un bouton une pustule

insidieux, -se trompeur

la retraite *ici: litt* lieu où l'on se retire

Garin fit toutefois remarquer que Maître Combarnoux et sa famille n'étaient pas venus à la visite, et que le clerc n'était pas rentré.

– J'en suis bien fâché pour ce jeune homme, dit Pancrace, et son absence n' est pas un bon signe. Quant au marchand drapier, nous aviserons demain.

j'en suis bien fâché pour je le regrette bien pour

Tout le monde alla dormir.

Tandis que Maître Pancrace se déshabillait, il lui sembla entendre une sorte de plainte qui montait des caves ... Il se reprocha de n'avoir pas pris de nouvelles de Maître Passacaille, qui agonisait peut-être sur un tas de bois ... Il tendit anxieusement l'oreille. C'était bien la voix du notaire, mais elle ne se plaignait pas. Elle chantait:

O bergère vola-age
Dis-moi le secret de ton cœur,
Je veux dans ton corsa-age
Trouver le chemin du bonheur ...

volage *adj* infidèle

Vers les six heures du matin, la vieille Aliette vint l'éveiller, ce qui ne fut pas facile.

– Maître, dit-elle, le drapier s'en va!

Pancrace sauta du lit, et dans sa chemise de nuit il courut à la fenêtre, et l'ouvrit toute grande.

Maître Combarnoux était occupé à régler la longueur des rênes de son cheval, qui était attelé à une jolie carriole jardinière.

une rêne lien en cuir pour guider le cheval (Zügel)
une carriole une petite charrette

Sur le siège, sa femme avait déjà pris place, et ses cinq filles étaient installées sur le plateau derrière elle, sur de jolis coussins bleus.

un coussin (Kissen)

– Maître Combarnoux, dit Pancrace, la nuit ne vous a donc pas porté conseil?

– Au contraire, dit le drapier. Elle m'a fortifié dans ma résolution d'ignorer la peste, et de me soumettre humblement à la volonté de Dieu, sans rien changer à mes habitudes.

humble modeste

– Dans ce cas, puisque vous allez chez votre frère à Saint-Barnabé, je crois que vous feriez bien d'y rester.

– Et pourquoi? dit brutalement le drapier.

– Parce que, pour notre sécurité, nous serons forcés de

être forcé de être obligé de

prendre contre vous et votre famille des mesures qui vous déplairont.

– Je voudrais bien voir ça, dit le drapier, en ricanant vaniteusement.

– Vous le verrez, dit Maître Pancrace. Et sans doute pas plus tard que ce soir!

Sur quoi, il referma la fenêtre, tandis que le drapier faisait claquer son fouet.

ricaner rire méchamment et bêtement
vaniteux, -se (eitel, eingebildet)
un fouet (Peitsche)

Pendant toute la matinée, Pancrace dirigea les derniers travaux. Il ordonna d'abord aux hommes de pratiquer des brèches dans les murs mitoyens des jardins, afin que l'on pût passer de l'un dans l'autre. Pendant ce temps, il alla faire, avec une grande précision, l'inventaire des caves, accompagné du capitaine, qui nota sur un vieux livre de bord les quantités et la nature des nourritures disponibles. Enfin, il fit descendre des greniers quelques vieilles paillasses, que l'on souilla de fumier, et de sang de lapin: on les disposa dans la rue, comme si elles avaient été jetées par les fenêtres ... Dans le courant de l'après-midi, tous les volets furent fermés, et l'on mit les barres aux portes.

une brèche une ouverture
mitoyen, ne commun, appartenant à l'un et à l'autre
une paillasse un matelas de paille (Strohlager)
souiller salir
le fumier (Mist)

Puis, Pancrace alla se pencher vers le soupirail de la cave du notaire, que l'on avait un peu oublié. Il entendit, à sa grande frayeur, un râle étouffé.

– Le malheureux, dit-il.

Il l'appela, cependant ... Au troisième appel, le râle se tut, et fut soudain remplacé par une sorte de mugissement modulé, et Pancrace distingua le notaire, assis sur une paillasse, qui bâillait à bras ouverts. Puis, il se frotta les yeux, et dit, sur le ton de la surprise:

– Où suis-je?

– Dans votre cave, dit Pancrace. Comment vous sentez-vous?

– La bouche pâteuse, et le cheveu raide! dit le notaire ... Et je me demande pourquoi j'ai dans le nez une terrible odeur de rhum.

un râle bruit respiratoire émis par un mourant (Todesröcheln)
un mugissement modulé cris poussés sur des tons les plus variés (Gestöhne)
bâiller (gähnen)
avoir la bouche pâteuse (eine pelzige Zunge haben)
avoir le cheveu raide (einen Brummschädel haben)

Toute la journée, la communauté travailla comme une ruche: les enfants jouaient dans les jardins, sous la surveillance des grands-mères: elles leur avaient fait des

une ruche une colonie d'abeilles

contes sur la présence d'un grand méchant loup, qui ne faisait de mal à personne tant qu'on ne le réveillait pas, mais qui accourait infailliblement au moindre cri. Les enfants jouaient donc en silence, et quand par hasard un éclat de rire leur échappait, toute la troupe, terrorisée, courait s'enfermer dans les écuries...

Vers le soir, on tint une conférence sur le retour du drapier.

– Il ne faut pas le laisser entrer, dit Garin le Jeune. J'ai déjà mis la barre à sa porte. Puisqu'il tient à crever de la peste, il peut bien crever n'importe où.

– Il ferait du bruit, dit le docteur. Il irait certainement se plaindre aux autorités – et je suis d'avis qu'il vaut mieux ne pas attirer l'attention sur nous... Il vaut mieux que l'on nous croie morts, ou partis...

– Mais alors, dit Bignon, qu'est-ce qu'on va en faire?

– Ils sont sept, dit le notaire. On ne peut pas les tuer tous!

– Il n'est pas question de tuer personne, dit Pancrace.

– Pas encore! dit le capitaine. Mais n'oubliez pas que la Peste Noire, c'est la mort assurée pour le malade, et la mort possible pour ses voisins. Moi, je trouve qu'un mort possible a le droit de tuer un mort certain.

– Ceci me semble raisonnable, dit Maître Pancrace. Mais Maître Combarnoux n'a pas encore la peste, du moins à ma connaissance. S'il revient ce soir, nous essaierons d'abord de le raisonner. Mais s'il persiste à vouloir nous infecter, alors nous l'enfermerons dans la cave de Garin, qui se trouve sous l'écurie du milieu, et dont le soupirail s'ouvre dans l'écurie. S'il veut crier, nous le bâillonnerons. D'ailleurs, je suis persuadé qu'il ne fera pas grande résistance, parce qu'il sera bien aise d'être mis en sûreté par force, et sans manquer volontairement à ses devoirs, ce qui le déchargera de tout péché devant Dieu.

– Je vais, dit le capitaine, préparer un sac bien épais pour lui mettre sur la tête, et des cordes pour le ligoter.

– Et moi, dit Garin, je vais débarrasser ma cave, car je suis sûr que ce fanatique...

Mais il ne put achever sa phrase, car la vieille Aliette entra soudain, et dit:

infailliblement à coup sûr

persister à continuer à

bâillonner qn lui mettre un morceau d'étoffe entre les mâchoires (knebeln)

être bien aise de être content de

un péché *rel* faute, mauvaise action

ligoter lier les bras et les jambes de qn (fesseln)

– Voilà Maître Combarnoux qui arrive: je l'ai vu par le fenestron de la cuisine!

Maître Pancrace monta en courant au premier étage de sa maison: le notaire, Garin et le capitaine le suivirent.

Pancrace ouvrit lentement un volet…

Devant la porte du drapier, juste à gauche, sa jardinière était arrêtée. Sur le siège, il n'y avait personne. Mais sur le plateau, la femme et les quatre filles étaient couchées les unes sur les autres… Elles avaient des visages noirs et rouges, et horriblement enflés: la mère serrait encore dans ses bras la plus petite, qui avait l'air d'une poupée goudronnée…

Sur les trois marches, devant la porte, Maître Combarnoux était plié en deux… Il gémissait à grands ahans, et tomba soudain sur les genoux, tandis que son chapeau dur de feutre bleu roulait sur le trottoir…

Il fit encore un grand effort, pour lever vers la serrure la grosse clef brillante de sa maison: mais sa main retomba, comme morte, et lâcha la clef qui tinta sur les pierres… et il gémit:

– Au secours! Au secours! Ouvrez-moi!

– Maître Combarnoux, dit Pancrace d'une voix un peu tremblante, vous ne pouvez plus entrer ici maintenant…

– Pour l'amour de Dieu, dit le pauvre homme, ouvrez-moi, et soignez-moi!

– Pour l'amour des hommes, dit Maître Pancrace, n'essayez pas d'entrer ici: il n'y a que des hommes sains, et des femmes et des enfants… Vous avez pris ce mal par votre faute, ne venez pas en infecter les autres.

Le drapier poussa un profond soupir, et gémit:

– Dieu m'a abandonné…

– Ne le croyez pas, dit le Capitaine, puisqu'en ce moment même il vous rappelle à lui.

– Ma femme et mes enfants sont morts…

– Parce qu'il n'a pas voulu vous séparer! dit le notaire.

– Donnez-moi au moins à boire, dit le drapier, avec un cri déchirant.

– Je vais vous descendre un cordial, dit Pancrace, mais je ne peux pas vous cacher qu'il n'y a plus rien à faire.

---

un fenestron une petite fenêtre

goudronner (teeren)

gémir pousser des cris plaintifs

à grands ahans *litt* péniblement

un chapeau de feutre (Filzhut)

tinter (résonner)

un cordial *méd* un stimulant, un fortifiant

– Je le sais bien, murmura le drapier... Mais c'est quand même terrible qu'un homme de ma condition agonise dans la rue...

– C'est peut-être mieux que de mourir chez vous, dit le capitaine. Vous n'avez pas de plafond sur la tête et votre âme ira droit au ciel!

A ce moment, au bout d'une ficelle, Garin le Jeune fit descendre un cruchon de vin blanc frais... Dans un grand effort, le moribond se traîna à plat ventre sur le trottoir, et saisit enfin le cruchon d'une main tremblante... A grand-peine, il finit par le porter à ses lèvres. Mais il rejeta la première gorgée dans un hoquet épouvantable, et elle fut suivie d'un flot de sang noir...

– Maître Combarnoux, dit Pancrace, il vous reste encore un peu de vie... Faites un effort, et essayez de vous asseoir sur les marches de mon escalier, le dos appuyé contre ma porte...

– A quoi bon? haleta le mourant.

– Ce sera, dit Pancrace, une bonne action, la dernière de votre vie, parce que votre dépouille fera peur aux bandits qui vont peut-être venir nous attaquer, et vous sauverez ainsi la vie de trente petits enfants que vous connaissez...

Alors, le gros drapier bourru, secoué par les hoquets de l'agonie, et vomissant à chaque mouvement une boue sanglante, rampa jusqu'aux marches... Il y resta un instant immobile, et le capitaine dit:

– C'est fini. Il est mort.

Mais il rassemblait, à travers les tortures de sa chair pourrie, les dernières forces de son cœur. Et soudain, par un effort surprême, il réussit à se retourner: alors, en quatre spasmes horribles, il fit remonter son dos contre la porte, et sur sa poitrine, pour la dernière fois, il joignit les mains.

Aliette, qui avait passé sa tête sous le bras de son maître, cria soudain:

– Vous voyez l'Ange? Regardez l'Ange!

Ni Pancrace ni le capitaine ne le virent: mais ils regardaient, stupéfaits, sur la pauvre face noire et boursouflée, un grand sourire de lumière et de bonheur.

A la nuit tombée, Garin le Jeune et le boucher furent

la condition le rang social

l'âme *f* (Seele)

un moribond qui est près de mourir

le hoquet (Schluckauf)

haleter respirer avec difficultés

une dépouille un cadavre

ramper se traîner sur le sol

pourri,e décomposé

suprême *ici:* dernier

un spasme *méd* (Krampf)

boursouflé,e enflé

longuement équipés par Maître Pancrace: il leur fit mettre trois chemises à chacun, puis des blouses qui tombaient jusqu'aux pieds, ajouta des gants de toile et des cagoules qui descendaient jusque sur leur poitrine, enfin, ils furent longuement arrosés de vinaigre des Quatre Voleurs. Ils prirent alors deux crocs de bûcheron, qui servent à tirer les troncs d'arbres, et sortirent.

Le cheval, toujours attelé à la jardinière funèbre, était allé s'appuyer au tronc d'un platane, et il dormait debout sans le moindre souci.

un croc [kro] bâton avec un crochet à l'extrémité
un bûcheron (Holzfäller)
un tronc (Stamm)

Ils le ramenèrent devant la porte de Pancrace, et au moyen de leurs crocs ils firent tomber les cinq cadavres qu'ils arrangèrent artistement autour du drapier mort, dont le menton, maintenant, pendait horriblement sur un jabot de dentelle sanglant.

La vie des reclus s'organisa avec une rigueur presque militaire. Les glas, qui avaient remplacé l'Angelus, les réveillaient au premier soleil, et la journée commençait par l'examen de tous les membres de la colonie, qui défilaient devant le médecin, installé sous le grand figuier du notaire. La fièvre la plus légère était suspecte, le moindre bobo paraissait promesse de bubon. On isolait aussitôt le malade dans une cave repeinte à neuf, et on le baignait de vinaigre comme un cornichon: il n'en sortait qu'au bout de trois jours.

un reclus qui vit enfermé
un figuier (Feigenbaum)
un bobo *fam* douleur sans gravité (Wehwehchen)
un cornichon (Essig-gürkchen)

Après la visite les femmes faisaient le ménage, sans le moindre bruit.

Les jeunes filles s'occupaient des petits enfants qui jouaient dans les jardins, et le notaire, assis sous le figuier, faisait à mi-voix la classe aux plus grands, secondé par le capitaine, qui leur enseignait la géographie. Pendant ce temps, Garin le Jeune, pour occuper son temps, dessinait un mousquet d'un nouveau modèle, le boucher mettait des viandes à mariner (pour les conserver), l'épicier sciait ses courges de bois, et le boulanger pétrissait la pâte. Il n'allumait son four qu'après minuit, tous les trois ou quatre jours, car il fallait attendre que le vent soufflât, pour disperser la fumée qui aurait pu les trahir.

un mousquet (Muskete)
pétrir presser, remuer fortement en tous sens

Ceux qui n'avaient rien à faire s'occupaient du jardinage – mais il fallait tirer l'eau des puits directement, je veux dire sans passer par les poulies, qui grinçaient, comme c'est l'habitude des poulies de puits. Les pois chiches sortirent bientôt, puis les lentilles, puis les haricots, et Maître Pancrace se frottait les mains joyeusement.

A midi, tous mangeaient ensemble dans la grande écurie du docteur, dont on avait fait une salle commune. Puis, après la sieste – qui durait jusqu'à cinq heures – les femmes cousaient et tricotaient, les hommes jouaient aux cartes, aux dames polonaises, aux échecs et les bonnes vieilles racontaient des histoires aux enfants.

Cependant, dans le grenier de la maison de Pancrace, qui était la plus haute – il y avait toujours un homme qui veillait à l'œil-de-bœuf, pour avoir des nouvelles du port et de la ville. On le remplaçait toutes les deux heures, et il venait faire son rapport au docteur.

Au commencement, le guetteur voyait passer des convois de charrettes, il voyait courir des passants ou défiler en rangs des équipes, que le capitaine, avec sa longue-vue, reconnut pour des forçats, dont on avait rompu les fers. Tous portaient sur l'épaule une longue perche, terminée par un croc de fer.

Aucun bateau n'entrait plus au port, mais on en vit partir un grand nombre. Puis, les cortèges funèbres se firent plus rares, et les rues parurent désertes. Personne ne passait plus sur la petite place: il y eut cependant deux ou trois alertes...

On voyait s'avancer, à pas légers, des rôdeurs faméliques, armés de piques, et parfois le pistolet au poing, en quête de nourriture ou de pillage... Ils venaient jusqu'à la grande façade, puis s'arrêtaient soudain, horrifiés, et s'enfuyaient à toutes jambes: le bon drapier, noir comme un nègre, le visage tout grimaçant de vers, au centre de sa famille momifiée, veillait fidèlement sur la communauté.

Cette vie dura près d'un mois – mais, quoiqu'ils fussent en sécurité, le caractère des reclus s'assombrissait chaque jour. Le son lugubre des glas, qui ne s'arrêtaient qu'au coucher du soleil, les assiégeait, et l'obliga-

- **une poulie** (Flaschenzug)
- **jouer aux dames polonaises** sorte de jeu de dames
- **jouer aux échecs** *m pl* (Schach spielen)
- **un œil-de-bœuf** fenêtre ronde ou ovale sous le toit d'une maison
- **un guetteur** personne qui surveille, un veilleur
- **une longue-vue** (Fernrohr)
- **un forçat** un galérien
- **une perche** long bâton en bois
- **une alerte** signal d'alarme prévenant d'un danger
- **un rôdeur** un vagabond
- **famélique** un meurt-de-faim
- **en quête de qc** à la recherche de qc
- **le pillage** le vol
- **grimaçant de vers** plein de vers (vor Würmern starrend)
- **lugubre** macabre
- **assiéger** (*hier:* bedrängen)

tion de parler à voix basse leur donnait un sentiment de culpabilité. Les enfants, privés de bruit, perdaient l'appétit, et les mères se lamentaient. Les vieux, qui craignent tant la mort, furent les premiers à déraisonner.

Mamette Pigeon, qui avait plus de quatre-vingts ans, disparut un jour; on la retrouva cachée sous un lit, et elle refusa de sortir de cet abri. Comme on essayait de l'en tirer, elle poussa des cris si terribles qu'il fallut y renoncer, et sa fille dut lui porter deux fois par jour sa nourriture dans sa ridicule cachette, où elle vécut à plat ventre dans ses excréments.

Le papet de Romuald, qui pourtant avait toujours eu beaucoup de sens, se mit un jour à marcher à quatre pattes, en aboyant de temps à autre; il expliqua à Maître Pancrace que la peste ne frappait jamais les animaux, et que tout le monde n'avait qu'à faire comme lui. Pancrace, qui le jugea incurable, l'approuva hautement, mais lui demanda d'aboyer moins fort, ce qu'il accepta de bonne grâce.

D'autre part, l'ennui et la peur commencèrent bientôt à dérégler les mœurs de ces bonnes gens, et il y eut un grand nombre d'adultères, dont personne d'ailleurs ne sembla se soucier beaucoup, sauf le boucher Romuald, qui enrageait d'être cocu, mais que Pancrace consola par des considérations philosophiques d'une si grande beauté que le boucher, ayant fait cadeau de sa femme au boulanger, se mit en ménage avec la petite servante de l'épicier. Elle en fut bien aise, car elle craignait, depuis le début de la contagion, de mourir pucelle... Ces mœurs attristèrent le vertueux notaire, et d'autant plus cruellement qu'il en fut victime lui-même, car il se surprit un beau soir en pleine fornication avec la femme du poissonnier, qui n'était ni jeune ni belle, mais capiteuse et entreprenante.

Maître Pancrace le consola, en lui expliquant que la crainte de la mort exaltait toujours le sens génésique, comme si un être qui se croit perdu faisait un grand effort pour la reproduction de sa personne, afin de triompher de la mort...

la culpabilité état de celui qui est coupable
déraisonner perdre la raison
la mamette *rég* la grand-mère
le papet *rég* le grand-père
aboyer (bellen)
incurable qu'on ne peut pas guérir
de bonne grâce volontiers
les mœurs [mœr] *f pl* (Sitten)
un adultère (Ehebruch)
être cocu être trompé par sa femme
une pucelle (Jungfrau)
la fornication *rel* rapports sexuels entre des personnes non-mariées (Unzucht)
capiteux, -se excitant
entreprenant,e actif
exalter exciter
le sens génésique (Fortpflanzungstrieb)

Le soir du quarantième jour, tandis que tout le monde prenait le frais dans les jardins avant le dîner, on entendit soudain une galopade dégringolante dans l'escalier, et le guetteur parut sur la porte, le visage illuminé. C'était le fils Bignon.

– Victoire! s'écria-t-il. La peste est finie!

Tous se levèrent d'un seul coup.

– Qu'en sais-tu? dit Maître Pancrace.

– Ils font des feux de joie! dit le fils Bignon... Le plus grand est sur le Vieux-Port, et on voit autour des ombres qui dansent!

Plusieurs femmes se mirent à danser, en poussant des cris de joie.

– Paix! dit Pancrace – et attendez un peu avant de vous réjouir. Il faut d'abord aller voir ça!

Il s'élança vers l'escalier, où le capitaine l'avait déjà précédé.

Comme il n'était déjà plus dans le grenier, et que la vitre du toit était ouverte en haut de l'échelle, il grimpa lestement, jusqu'à ce que sa tête dépassât du toit, à côté des bottes du capitaine.

Il vit, sur la grande tache noire de la ville, des points qui rougeoyaient dans la nuit comme des braises. Plus près, sur le Vieux-Port, un bouquet de flammes dansait.

Le capitaine avait allongé sa lunette, qu'il régla plusieurs fois... Maître Pancrace frappa sur sa botte:

– Que voyez-vous?

– Je vois un grand feu, dit le capitaine. Et devant ce feu, je vois des ombres, qui lancent d'autres ombres dans les flammes.

– J'en étais sûr, dit Pancrace, ce sont des bûchers... on brûle les cadavres, parce qu'on n'a plus le temps de les enterrer...

Ils redescendirent, pensifs, l'escalier où presque tous les hommes les attendaient sur les marches.

Le lendemain, au petit jour, on entendit frapper à la porte de dame Nicole. D'abord discrètement, puis avec force, puis brutalement... Beaucoup sautèrent de leur lit et coururent aux fenêtres fermées, sans oser pourtant les

prendre le frais respirer l'air frais du dehors
dégringoler descendre à toute vitesse
illuminé,e *ici:* rayonnant
une vitre (Fensterscheibe)
leste agile
une braise du bois réduit en charbons ardents
un bûcher (Scheiterhaufen)
au petit jour très tôt le matin

ouvrir: ils essayaient de voir par les fentes. Cependant, une voix criait:

– Ouvrez-moi! C'est moi, c'est Norbert!

On reconnut alors la voix du clerc que l'on croyait mort.

Mais un grand silence lui répondit.

Alors il se mit à hurler:

– Je sais que vous êtes cachés derrière les volets! Ouvrez ou j'enfonce la porte!

Maître Pancrace entrebâilla une fenêtre, tout juste au-dessus de ce forcené.

– Pour l'amour de Dieu, lui dit-il, ne criez pas comme ça et ne faites pas tant de bruit!

– Pour l'amour de Dieu, dit le clerc, laissez-moi prendre mes affaires ou lancez-les-moi par la fenêtre! Je quitte la ville, et je vous conseille d'en faire autant: d'ici trois jours ils vont venir brûler tout le quartier!

– Que dites-vous? s'écria Pancrace, qui devint blanc comme un navet.

– Ouvrez-moi et je vous dirai tout, répondit le clerc – et je vous sauverai peut-être la vie...

– Vous êtes donc venu dans une bonne intention, dit Pancrace. Mais vous nous apportez certainement la peste!

– La peste, je l'ai eue, et par un miracle je m'en suis tiré. Vous savez bien qu'on ne peut pas l'avoir deux fois!

– S'il en est ainsi, vous ne l'aurez plus: mais vos vêtements sont sans aucun doute imbibés d'insectes extrêmement subtils, qui apporteront le venin à tous vos amis.

– C'est sans doute vrai, dit le clerc, parce que depuis deux mois, sous prétexte que je ne risque plus rien, ils m'ont obligé à ramasser des centaines de cadavres qui pourrissaient sur les trottoirs. Alors, que faut-il que je fasse?

– Premièrement, dit le docteur, vous allez vous mettre tout nu et vous jetterez toutes vos hardes par-dessus le parapet. Ensuite, je vais vous passer du savon, et vous vous laverez du haut en bas et surtout les cheveux. Ensuite, je vais vous faire descendre un gros flacon de vinaigre, et vous en frotterez votre corps pendant une

une fente ouverture longue et étroite (Spalt)

hurler crier fort

entrebâiller entrouvrir

un forcené un fou

un navet (weiße Rübe)

imbiber imprégner

les hardes ['ard(e)] *f pl* vêtements pauvres et usagés

heure, et vous en baignerez vos ongles des pieds et des mains... Enfin, je vous lancerai un paquet de hardes saines, et vous pourrez entrer ici sans le moindre danger.

– Soit, dit le clerc.

soit [swat] d'accord

Et il commença à se déshabiller.

Pendant toute l'opération, qui dura près d'une heure, il y eut beaucoup de dames et de demoiselles derrière les volets fermés, car il était assez joli garçon et la peste, en l'amincissant, avait confirmé son élégance naturelle.

Sur la place déserte, près de la fontaine, il récura tout son corps avec une grande application. Quand il fut prêt, Pancrace alla lui ouvrir une porte en pressant contre son propre nez un tampon de linge imbibé de vinaigre, et le conduisit jusqu'à son cabinet.

récurer nettoyer en frottant très fort
avec application avec soin

Leur conversation dura plus d'une heure. Les hommes attendaient dans les jardins, sans dire un mot. Ils se promenaient, la tête basse, les mains dans les poches. Les femmes parlaient à mi-voix, par petits groupes, dans les coins. D'autres étaient rangées autour de la vieille Aliette, qui essayait d'écouter à la porte du docteur. Elle n'entendit rien de compréhensible – mais quand Pancrace ouvrit la porte, elle tomba entre ses jambes. Et comme il dit: «La peste soit de la curieuse», elle s'enfuit épouvantée, en oubliant de respirer.

épouvanté,e qui est pris de panique

En silence, les deux hommes allèrent jusqu'au milieu du grand jardin, et le clerc monta sur le couvercle du puits.

Tout le monde vint se ranger en demi-cercle autour de lui, tandis que Pancrace et le notaire s'étaient assis sur la margelle. Alors, il parla.

une margelle le rebord d'un puits

– Mes amis, dit-il, j'ai le grand chagrin de vous dire que c'est Maître Pancrace qui avait raison, et que cette ville est perdue. Grâce à la lorgnette du capitaine, je sais que vous en avez une idée. Mais cette idée est bien petite, et presque charmante à côté de la réalité. La réalité, c'est qu'on jette les cadavres par les fenêtres, et que les trottoirs en sont encombrés. Tous les gens qui pouvaient le faire sont partis pour les terroirs des environs, mais il reste encore une grande quantité de peuple, qui diminue chaque jour d'au moins un vingtième. On n'enterre plus les morts, on les brûle, mais on n'arrive pas à les brûler

encombré,e plein

tous, malgré l'aide de plus de cent galériens, qu'il faut renouveler presque entièrement chaque semaine, parce que leur condamnation ne les a pas mis à l'abri de cette effroyable contagion.

«Ici, vous êtes peut-être en sûreté, mais vous n'y serez pas longtemps.

– Pourquoi? demanda brusquement le notaire.

– Parce que les édiles ont décidé de brûler les maisons des pestiférés et même des quartiers entiers... Avant-hier ils ont brûlé la Tourette. Hier, plus de trente maisons à la place de Lenche, et j'ai entendu dire qu'aujourd'hui ils attaqueraient la Plaine Saint-Michel, où la contagion a fait des ravages terribles!

– C'est à deux pas d'ici! dit le capitaine.

– Eh oui, dit le clerc. Et de plus, j'ai entendu parler de notre placette. D'après un rapport de police, on vous croit tous morts, et je pense que dans deux ou trois jours, vous verrez arriver les fagots et les torches.

– Alors, dit le notaire, nous nous montrerons, et ils ne brûleront rien du tout.

– C'est exact, dit le clerc. Ils n'auront pas la cruauté de brûler des gens en bonne santé. Mais d'abord, on vous volera toutes vos provisions car la disette arrive tout près de la famine, et les autorités confisquent toutes les réserves. Ensuite, on obligera les hommes à travailler avec les forçats, pour enterrer des milliers de cadavres pourris. Vous aurez un croc, une cagoule, des gants, et pour vous réconforter, on vous appellera «corbeaux»: il est vrai qu'au bout de huit jours vous n'aurez plus aucun souci, car vous aurez vous-mêmes fondu en pustules et bubons, et les chiens errants se disputeront vos restes: voilà le sort qui vous attend si vous avez la sottise de rester ici.

Il n'avait pas fini de parler que les femmes pleuraient déjà, en serrant les enfants dans leurs bras; les hommes restaient immobiles, aussi impuissants que des pierres, et les vieux se regardaient entre eux d'un air stupide.

Ce fut le capitaine qui parla le premier.

– Ce jeune homme a raison, dit-il. Il n'y a qu'à foutre le camp.

la Tourette *dans le quartier du Vieux-Port, cf p. 67*

des ravages *m pl* de grands dégâts

un fagot (Reisigbündel)

la cruauté tendance à faire souffrir les gens

une disette un manque de qc

une famine un manque général de nourriture

réconforter consoler

les corbeaux *m* *ceux qui enlevaient les pestiférés soit pour les amener à l'hôpital, soit pour les enterrer (cf Chronologie p. 66)*

errer (herumirren)

foutre le camp *pop* s'enfuir

– C'est ce que nous aurions dû faire dès le premier jour, dit le notaire... J'aurais pu me retirer dans ma petite maison d'Aix...

– La peste y est déjà, dit le clerc. Il a fallu fermer les écoles, les tribunaux, et les églises...

– Alors, dit le capitaine, il n'y a qu'un moyen: trouver un bateau et partir pour la Corse.

– Mon cher capitaine, dit Pancrace, ce serait la solution idéale. Mais où voulez-vous trouver un bateau?

Le capitaine fit un geste vague, secoua la tête et se tut. Garin le Jeune, le boulanger, le boucher firent tour à tour des propositions déraisonnables, comme il arrive dans les cas désespérés...

Maître Pancrace, qui ne perdait jamais son sang-froid, réfléchissait.

– Le plus simple, dit-il, est de partir vers les collines. Nous irons d'abord au village d'Allauch, où j'ai un parent... Si le fléau est déjà parvenu jusque-là, nous pousserons encore plus loin... J'ai peur, en vérité, que les villages ne soient déjà contaminés... Il nous restera les collines. Nous trouverons peut-être un abri dans quelque grotte, au flanc d'un ravin solitaire, où nul ne viendra nous chercher.

contaminer infecter

un ravin (Schlucht)

– Mais que mangerons-nous? dit le clerc.

– Nous avons encore d'importantes réserves. De plus, il nous reste quatre chevaux et deux mules...

– Ces bêtes sont bien maigres, dit le boucher.

– Il ne s'agit pas encore de les manger, mais de les atteler à nos charrettes et voitures, pour transporter nos provisions. Nous allons leur donner tout le foin qui nous reste, et notre dernier sac d'avoine. Dans la journée, nous préparerons notre chargement, et vers la minuit, nous partirons.

l'avoine *f* (Hafer)

– Comme vous y allez! dit le clerc. Vous croyez qu'on peut s'en aller comme ça? D'abord, quand on verra passer vos charrettes chargées, vous serez immédiatement attaqués par des bandes armées qui parcourent la ville à la recherche de n'importe quelles nourritures, et qui pillent les caves des maisons pestiférées.

– A minuit? dit le notaire.

– Surtout la nuit, dit le clerc.

– Nous avons vingt-trois fusils, dit Maître Garin, trente pistolets, et plus de cent livres de poudre.

– Au premier coup de fusil, d'autres bandes de pillards accourront en renfort. Et d'autre part, il y a des gardes à chaque sortie de la ville, afin que la contagion ne se répande pas dans tout le pays…

– Mais alors, que faire? s'écria l'épicier, que la peur rendait hagard.

– Sortir les uns après les autres, dit le clerc, en emportant quelques nourritures bien cachées sous nos habits – et filer chacun pour soi.

– Et les femmes? dit Pancrace.

– Et les enfants? dit violemment Maître Passacaille. Vous voulez abandonner les enfants?

Les femmes murmuraient.

Le clerc ouvrit ses bras, ferma les yeux, haussa les épaules, mais ne dit rien d'autre.

Il y eut un très long silence, que Maître Pancrace rompit, pour dire:

– Venez dans mon cabinet.

Il entraîna le notaire, le clerc, l'armurier et le capitaine.

Dès qu'ils furent partis, les femmes commencèrent à dire que ce clerc avait toujours voulu faire l'intéressant, qu'il n'avait sûrement pas eu la peste, et qu'il venait sans doute de passer deux mois chez quelque vieille maîtresse, qui avait fini par le mettre à la porte. On l'accusait d'avoir toujours fait des farces, et d'avoir un mauvais fond. En conclusion, plusieurs déclarèrent qu'il n'y avait aucune raison de fuir, et que le plus sage était d'attendre, comme on avait fait jusque-là.

Les hommes commençaient à être de leur avis, lorsque Pampette, le poissonnier, qui était de garde sous le toit, parut sur une porte.

– Il y a, dit-il, un grand incendie dans le quartier de la Plaine Saint-Michel…

Tous frémirent, car le clerc l'avait annoncé. Les femmes recommencèrent à pleurer, et les hommes s'avançaient vers la porte de Maître Pancrace, lorsque celui-ci parut sur la marche.

un fusil [fyzi] (Gewehr)

en renfort *ici:* pour apporter leur aide

hagard,e égaré, qui a l'air fou

filer s'enfuir

une farce une mauvaise plaisanterie

un fond *ici:* le caractère, la nature d'une personne (pensées, sentiments)

un incendie un grand feu

frémir trembler de peur

Pampette lui fit son rapport.

– Notre ami, dit Pancrace, nous l'avait annoncé – et le sort qui nous est réservé n'est plus douteux: mais rien n'est perdu. Écoutez-moi bien, et obéissez-moi sans discussion, en toute confiance... Nous allons commencer tout de suite à charger nos voitures, et nous tendrons des bâches sur nos provisions. Sur ces bâches, des hommes, des femmes et des enfants s'étendront, à demi nus, pour représenter des cadavres pestiférés: je me charge de leur donner une apparence épouvantable. D'autres, sous des cagoules, porteront des torches, et chanteront les psaumes du *Miserere*, tout en secouant les clochettes de la mort. Je suis sûr que notre cortège, au lieu d'attirer les pillards, va les mettre en fuite. En ce qui concerne les soldats qui veillent aux barrières, je ne les crains pas, et je vous promets que nous passerons sans aucune difficulté, si chacun joue le rôle que je lui donnerai.

le sort le destin (Schicksal)

«Préparez tout de suite le chargement des voitures – et surtout que les femmes n'essaient pas de nous encombrer avec des meubles de famille ou des souvenirs d'enfance, ou d'inutiles babioles qu'elles tiennent, presque toujours, pour l'essentiel: je vérifierai les chargements, et je n'accepterai rien que d'indispensable. Allez!

une babiole objet sans valeur
vérifier contrôler

Les préparatifs du départ durèrent toute la journée. On graissa les roues, on soigna les bêtes, on entassa, sur les charrettes, les sacs de nourriture, les tonneaux de vin, les fusils, la poudre, le plomb et les étoffes. Puis Maître Pancrace fit forcer les caves du pauvre drapier.

graisser (schmieren)

– A cette heure, dit-il, il n'a plus besoin de sa marchandise, tandis qu'elle nous sera d'un grand secours.

Il installa ensuite, dans sa propre salle à manger, un grand atelier de couture, avec une quinzaine de femmes, choisies parmi les plus habiles; elles commencèrent par confectionner une bonne vingtaine de cagoules noires, puis de longues blouses, puis des moufles, c'est-à-dire des gants qui n'avaient que le pouce. Enfin, penchées sur une gravure que leur donna Maître Pancrace, elles entreprirent, sous la direction du notaire, la confection de quatre uniformes de militaires, ou plutôt de quelque chose qui y ressemblait, sur les mesures de Garin le Jeune, de Bignon, de Pampette et du boulanger, et la soutane du clerc.

Cependant, Pancrace, qui avait disparu, revint au bout d'une heure: mais son entrée dans l'atelier fit pousser des cris aux femmes, et Maître Passacaille lui-même en fut stupéfait.

En effet, le personnage qui parut était vêtu d'un grand uniforme d'officier. Son justaucorps bleu d'azur, sa culotte de peau blanche, ses bottes de cuir rouge à l'éperon d'argent, son épée à la garde d'or ciselé, son manteau blanc doublé de drap d'or et garni de vair formaient un ensemble d'un si grand luxe que les couturières, qui s'étaient levées, n'osaient plus s'asseoir.

– Est-ce bien vous? demanda le notaire.

– Hélas non, dit Maître Pancrace: mais c'est pourtant le personnage que je fus.

– C'est là un uniforme de capitaine des gardes du Roy!

– Oui, dit Maître Pancrace, mais il y a une petite différence: le col de mon justaucorps est de velours jaune, ce qui indique que j'étais le chirurgien en chef de cette illustre Compagnie, avec le grade de capitaine...

Il y eut un murmure d'admiration, et le docteur ajouta, à voix basse:

– J'ai même eu l'honneur, pendant la campagne de Hollande (il ôta son chapeau à plumes) de soigner l'auguste santé de Sa Majesté le Roy.

Une petite larme perla au coin de son œil, et le notaire se découvrit à son tour.

– Sa Majesté, dit le docteur avec émotion, était incommodée par des vents continuels, et dont la violence effrayait son cheval: je réussis à les dompter, et depuis ce jour-là, je restai attaché à son Auguste Personne jusqu'au triste jour de sa mort.

Après un silence, Pancrace changea de ton, et dit brusquement:

– Reprenez vos ouvrages, je vous prie, et occupez-vous de la vareuse du capitaine, qu'il faut honorer de deux galons d'argent...

un justaucorps (Knierock)
un éperon (Spore)
la garde (d'une épée) (Stichblatt)
garni, e de vair *m vx* (mit Fehpelz besetzt)
le velours (Samt)
perler *ici:* se former
se découvrir enlever son chapeau
incommodé,e gêné
des vents *m pl méd* (Blähungen)
une vareuse une blouse de marin
un galon *mil* un ruban indiquant le grade (Rangabzeichen)

Après un déjeuner rapide, les travaux furent repris en grande hâte, car on voyait dans le ciel, à peu de distance, d'énormes volutes de fumée, et des cendres légères commençaient à blanchir l'herbe des jardins. Il n'y avait encore aucun danger véritable, mais l'odeur de l'incendie prouvait l'urgence de la fuite.

Cependant, Pancrace et Maître Passacaille s'étaient retirés dans l'étude du notaire, où ils faisaient d'ordinaire leur partie d'échecs.

Mais ce jour-là, ils ne touchèrent pas aux tours d'ivoire que portaient de petits éléphants.

Maître Passacaille commença par tailler, avec beaucoup de soin, deux plumes d'oie; puis il ajouta une pincée de suie raffinée à son encre. Enfin, il arracha d'un registre une belle page de papier notarial, et se mit à recopier, de sa belle écriture moulée, quelques lignes dont Pancrace avait composé le modèle: c'était un laissez-passer en bonne forme, pour le commandant de la barrière de la Rose.

Il en sécha l'encre avec une pincée de poudre d'or, qu'il fit rouler d'un bout à l'autre de la feuille.

Enfin, prenant dans l'un de ses cartons un acte de vente que l'échevin Moustier était venu signer dans son étude, il en copia la signature avec une aisance si grande et une exactitude si parfaite que Pancrace s'écria:

– Quelle merveille! C'est à croire que vous avez fait ça tous les jours de votre vie.

– Non, dit modestement le notaire. Pas tous les jours, mais chaque emploi a ses nécessités...

Il exécutait fort bien celles du sien, car il sortit bientôt un sceau de plomb, aux armes de la Ville de Marseille, et l'imprima bellement au bas de la page, sur une pastille rouge de cire chaude d'où sortait un ruban bleu.

Alors, il contempla son ouvrage, se frotta vivement les mains, et déclara:

– Celui-ci est particulièrement réussi, et Monsieur l'échevin Moustier lui-même n'oserait pas jurer que c'est un faux...

Il roula le précieux papier, le lia d'un ruban bleu plus large que le premier, et le remit à Pancrace.

une volute forme enroulée en spirale

l'ivoire *m* (Elfenbein)

tailler couper en pointe

une oie (Gans)

une pincée petite quantité prise entre deux doigts

la suie (Ruß)

une encre (Tinte)

moulé,e régulier et bien formé

la barrière de la Rose *extrémité nord de Marseille*

l'aisance *f* la facilité

un sceau [so] (Amtssiegel)

la cire (Wachs)

– Maintenant, dit celui-ci, nous allons certainement prendre plaisir à la fabrication de faux pestiférés.

Ils descendirent dans son cabinet: là, le clerc et l'épicier avaient préparé, sur son ordre, toutes sortes d'ingrédients dans une bonne douzaine d'assiettes. Il y avait du bouchon brûlé, de la colle, de la confiture, du miel, de la cire, de la poudre de safran, du plâtre, de la suie, de l'étoupe, et toutes sortes de pâtes colorées.

un ingrédient (Bestandteil)
le plâtre (Gips)
la colle (Klebstoff)
l'étoupe *f* (Hanf- oder Flachsabfall)

Avec ces ingrédients, Maître Pancrace arrangea artistement une quarantaine de visages et de corps et prouva que s'il ne savait pas guérir les bubons il savait du moins en faire d'admirables. Ce fut si bien réussi que ces malheureux se faisaient peur entre eux, et que quand les deux premiers reparurent dans les jardins, plusieurs femmes s'évanouirent, tandis que Papet, toujours à quatre pattes, aboyait plaintivement.

s'évanouir perdre connaissance

Quand les pestiférés furent prêts, on s'occupa des pénitents: ils revêtirent la blouse, la cagoule, et les gants, puis on leur distribua des clochettes, arrachées aux portes d'entrée. Enfin, on alluma, pendant quelques minutes, les torches résineuses empruntées aux pins des jardins.

résineux, -se (harzig)

La nuit tombait, rougeoyante, vers la Plaine Saint-Michel, et les fugitifs firent leur dernier repas en silence, dans la grande écurie bien fermée, à cause de l'âcreté de la fumée qui descendait, plus épaisse, sur les jardins.

Les faux pestiférés n'étaient pas trop à leur aise, car leurs enduits séchés leur tiraient la peau du visage – et à cause du mouvement de leurs mâchoires des bubons tombaient à chaque instant dans la soupe.

un,e fugitif, -ive qui s'enfuit
l'âcreté *f* qualité de ce qui irrite la gorge, ce qui est acerbe au goût ou à l'odorat (Schärfe)
un enduit ce qui sert à recouvrir

Le repas fut très court. Beaucoup de femmes pleuraient à l'idée de quitter leur maison et leurs meubles: elles auraient voulu tout emporter, et le docteur, en contrôlant le chargement des véhicules, avait fait rejeter un chat, deux grands portraits de vieillards et cinq poupées d'une vieille bigote qui n'avait jamais eu d'enfants. Comme elle se lamentait à voix haute, quelques paroles d'amitié et une claque sur le museau consolèrent la sanglotante.

une claque coup léger donné à qn avec la main (Klaps)
un museau *fam* visage, figure, nez
la sanglotante celle qui pleure

Après le dîner, on entendit ronfler l'incendie, qui était pourtant encore assez loin. Maître Pancrace, avec un calme parfait, compléta la mise en scène.

Les charrettes furent alignées en face de la porte charretière, et les pestiférés prirent place sur les bâches. Pancrace, bravant la pudeur, en voulut quelques-uns absolument nus; puis il disposa quelques jambes pendantes, convenablement noircies, deux ou trois bras ensanglantés de grumeleuses confitures, qui retombaient au bord des ridelles, et il déforma quelques visages, bossués par des croûtons placés entre la joue et la gencive; et au sommet de chaque bosse, il traça un gros point rouge cerné de noir. Enfin, dans plusieurs narines, il enfonça de la pulpe d'olives noires, qui semblait en avoir coulé.

On trempa les cagoules dans du vinaigre, on alluma les torches, on ouvrit sans bruit les battants de la porte.

Alors, Pancrace, dans son bel uniforme, monta dans sa petite voiture, dont le vieux Guillou tenait les rênes – et il prit la tête du cortège, qui se mit en marche sans bruit.

A deux pas derrière lui, le capitaine galonné, sa longue-vue en bandoulière. Puis, quatre soldats, le mousquet sur l'épaule. Enfin, un prêtre – qui n'était autre que le clerc – s'avançait, un livre ouvert à la main, précédant les charrettes, qui roulaient lentement entre deux haies de pénitents, qui portaient les torches allumées.

Comme on ne voyait personne, la procession s'avança d'abord en silence, et descendit jusqu'au boulevard qui était la route de la liberté – mais au moment d'y pénétrer, Maître Pancrace se retourna, et leva le bras. Les clochettes tintèrent lugubrement, et la psalmodie monta sourdement des cagoules...

Le clerc n'avait pas menti. La ville paraissait abandonnée, et les quinquets qui d'ordinaire éclairaient les rues n'avaient pas été allumés. Mais à la lueur de leurs torches, ils distinguèrent bientôt quelques cadavres étendus sur le trottoir, dans le ruisseau ou recroquevillés sous les porches, dans des postures étranges... Ils virent aussi des pillards: mais au passage du cortège, leurs silhouettes entrevues disparaissaient en courant dans la nuit.

ronfler respirer bruyamment quand on dort
braver qc *ici:* ne pas respecter qc
grumeleux, -se (klumpig)
bossué,e enflé
un croûton petit morceau de pain frit
la gencive (Zahnfleisch)
cerner entourer
une narine un trou de nez
en bandoulière *f* suspendu à l'épaule
une haie *ici: fig* file, rangée
tinter sonner
un quinquet *vx* une lanterne de rue
recroquevillé,e replié sur soi
une posture une position

Ils marchèrent ainsi plus d'une heure, dans la longue rue bordée de platanes, dont les pavés inégaux faisaient tressauter les charrettes.

Comme tous fuyaient à leur approche, et que la ville semblait déserte, leur inquiétude première s'était transformée en un sentiment de sécurité, et les faux pestiférés, sur les charrettes, commencèrent à échanger des plaisanteries à voix basse, et à pinçoter les plus jeunes pestiférées, qui n'étouffaient qu'à grand-peine des éclats de rire charmants. En arrivant à Château-Gombert, où Pancrace pensait qu'on allait trouver le poste de garde, il envoya le capitaine pour rétablir l'ordre dans le convoi, et réduire les morts au silence.

Bien lui en prit, car il vit, au détour de la route, quatre lanternes allumées, tandis que brillait le fenestron d'un petit bâtiment de planches.

Deux soldats s'avancèrent, le fusil à la main.

– Halte!

Pancrace s'arrêta, et se tournant vers le convoi, il cria à son tour:

– Halte!

Puis, s'avançant vers les soldats, il demanda brusquement:

– Où est votre officier?

– Il dort, dit le soldat. Et nous n'avons pas besoin de lui pour vous interdire le passage. Personne ne doit sortir, sous peine de mort.

– Il dort! cria Pancrace avec une grande indignation. Quand toute une ville agonise, quand la contagion menace la France entière, il dort?

Les soldats, surpris, n'osèrent répondre, mais l'un d'eux, levant sa lanterne, fit deux pas vers le docteur. Il découvrit alors les détails du rutilant uniforme, que la nuit embellissait; se tournant vers les deux autres, il cria:

– Présentez armes!

Ce qu'ils firent aussitôt.

– S'il dort, s'écria Pancrace, nous allons le réveiller! Conduisez-moi près de lui.

Mais ils n'eurent pas besoin d'entrer dans la cabane, car le dormeur, éveillé par les commandements, venait

faire tressauter secouer

pinçoter (zwicken)

Château-Gombert *8 km au nord-est de Marseille*

réduire au silence faire taire *ici: iron*

bien lui en prit *litt* heureusement pour lui

rutilant,e brillant

une cabane une baraque

vers eux, tout en remettant en hâte sa tunique: un autre lanternier était venu à ses côtés.

Dès qu'il vit Pancrace, il s'immobilisa selon le règlement. Comme il ne portait qu'un galon, le docteur lui parla de très haut.

– Lieutenant, dit-il, je suis fâché de constater qu'un homme qui a de si grandes responsabilités se réfugie dans le sommeil!

– Monsieur l'officier, répondit l'autre, assez embarrassé, je suis de garde ici depuis quatre jours, et la résistance humaine a des limites. D'autre part, quand par hasard je cligne un œil, l'enseigne que voici me remplace.

Et il montrait une silhouette qui s'avançait dans l'ombre.

– Enseigne, dit sévèrement Pancrace, où étiez-vous donc?

– Monsieur l'officier, répondit l'enseigne, la nature a non seulement des limites, mais elle a aussi des besoins.

Alors, Pancrace esquissa un sourire, et dit:

– Bien répondu.

Puis, sur un ton dégagé, il dit:

– Messieurs, venez avec moi, car il n'est pas nécessaire que vos hommes entendent ce que j'ai à vous dire.

Sur quoi, il se dirigea d'un pas décidé vers la baraque dont il referma la porte avec soin. Une chandelle brûlait sur la table de bois blanc, près d'un grabat.

– Messieurs, dit-il, la mission dont je suis chargé doit rester secrète, afin de ne pas affoler la population. La peste qui dévaste Marseille n'est encore que la forme la moins dangereuse de cette maladie: mais les chirurgiens viennent de constater une centaine de cas de peste NOIRE. Si cette forme du fléau se propage, c'en est fait de notre ville, et peut-être de notre pays. Je suis chargé avec les galériens qui m'accompagnent sous ces cagoules, d'aller ensevelir ces terribles cadavres en les jetant dans l'ancienne mine de charbon qui se trouve près d'Allauch.

– Pourquoi ne les a-t-on pas brûlés? demanda l'enseigne.

– Parce que, selon les chirurgiens, les vapeurs qui s'en dégageraient, avant qu'ils ne fussent réduits en cendres, suffiraient à contaminer toute la ville.

cligner *ici:* fermer
un enseigne *vx* sous-lieutenant
esquisser *ici:* commencer
d'un ton dégagé d'un ton léger
une chandelle une bougie
un grabat un lit misérable
ensevelir enterrer

Il sortit alors de son justaucorps un rouleau de papier qu'il déplia soigneusement sur la table.

– Voici les ordres, dit-il. Je vous les laisse, car ils vous sont adressés par le commandant, dont l'autorité fait merveille, et qui est d'ailleurs mon vieil ami.

La chandelle éclaira les cachets, les sceaux, les signatures, et la belle écriture notariale de Maître Passacaille.

un cachet (Siegel)

Pendant que les deux officiers regardaient avec respect le laissez-passer, Maître Pancrace ajouta:

– Je ne crains qu'une chose: c'est que mon cher Andrault Langeron, notre bailli, qui se dévoue jusque dans les hôpitaux, ne succombe lui-même à la contagion. Ce serait une grande perte pour notre ville, et pour le royaume.

Andrault Langeron *cf p. 66*
un bailli *vx* officier de justice
se dévouer faire qc de dangereux pour aider qn, se sacrifier
succomber à qc être victime de qc, mourir

Il sortit, et le lieutenant fit en grande hâte ouvrir la barrière. Puis il cria à ses hommes:

– Éloignez-vous de ces chariots, si vous faites cas de votre vie.

Le cortège se mit en marche, sous les yeux des deux officiers.

– Je me permettrai de regretter, dit le lieutenant, qu'un officier de votre rang soit exposé à un si grand risque.

– C'est bien aimable à vous, dit Pancrace. Mais en de pareilles circonstances, le risque doit être égal pour tous.

Il leur offrit une prise de tabac, et remonta dans sa voiture, tandis que six soldats lui présentaient les armes, et que les officiers qui avaient tiré leurs épées lui rendaient les honneurs.

une épée (Schwert)

Alors, il remonta dans sa voiture, salua largement les officiers, et le cortège se remit en marche dans la nuit, tandis que les gardes de la barrière, effrayés par la peste noire, couraient au tonneau de vinaigre.

Dès qu'ils furent hors de la vue des soldats, Pancrace fit taire les clochettes et les psaumes, puis fit éteindre les torches. Sur la route déserte, la lueur des étoiles les éclairait assez. Enfin, il donna l'ordre de hâter le pas, par crainte d'une poursuite, au cas où les officiers en viendraient à concevoir des doutes sur la valeur du laissez-passer.

concevoir des doutes avoir des doutes

Ils marchèrent ainsi pendant deux heures, et l'aube enfin se leva sur la réussite de l'expédition.

A droite de la route s'étendait une grande forêt de pins mêlés d'yeuses; lorsqu'un chemin de bûcherons se présenta, Pancrace y fit entrer son cheval, et tout le cortège suivit sous le couvert.

Ils atteignirent bientôt une grande clairière, couverte d'une herbe drue, et toute fleurie de coquelicots.

Pancrace arrêta son cheval, mit pied à terre et cria «Halte!»

Alors, les pénitents ôtèrent leurs gants et leurs cagoules, tandis que les pestiférés bondissaient sur la route et que les femmes soulevaient les bâches. Tous riaient de joie, comme des enfants, et ils se lançaient leurs bubons, tandis que les chevaux broutaient avidement malgré leur mors.

On entendit soudain un appel: c'était le petit mercier, qui s'était enfoncé sous le bois; il avait trouvé une mare, et tous coururent s'y laver.

Assis sur une grosse pierre, Maître Pancrace avait tendu ses bottes à Guillou, qui le déchaussa et frictionna ses orteils meurtris. Cependant la vieille Aliette préparait pour son maître ses vêtements habituels.

Auprès de lui, le notaire et Garin s'étaient assis dans l'herbe.

– Mes amis, dit Pancrace, nous avons réussi la première moitié de notre affaire. Cependant, ces gentils officiers risquent fort d'être détrompés par le premier inspecteur qui passera: c'est pourquoi je quitte ce costume trop aisément reconnaissable. Déshabillez aussitôt les soldats, et cachez dans un ballot ces costumes qui nous dénonceraient. Nous sommes maintenant à une demi-lieue d'Allauch; regardez, à travers les arbres, cette batterie de moulins à vent qui couronne la colline ... Son existence vous prouve que le mistral y souffle généreusement. Il fait ainsi la prospérité de ce bourg: il en fait aussi la salubrité. Je suis persuadé que la contagion n'y est pas venue, et qu'elle n'y viendra jamais. Nous allons donc demander asile à ses habitants.

– Je crains bien, dit le notaire, qu'ils ne refusent de nous accueillir.

l'yeuse *f* autre nom du chêne vert (immergrüne Eiche)

une clairière endroit déboisé d'une forêt (Lichtung)

dru,e épais

un coquelicot (Klatschmohn)

brouter manger de l'herbe

avidement empressé, avec beaucoup d'appétit

un mors [m] (Zaum)

une mare une petite nappe d'eau

frictionner frotter

un orteil un doigt de pied

meurtri,e *ici:* qui fait mal parce que les bottes sont trop petites

un ballot paquet de vêtements

une demi-lieue *vx* environ 2 km

une batterie un ensemble de qc

la salubrité *méd* (Zuträglichkeit

– Si nous leur proposons de faire une quarantaine dans la forêt, dit le capitaine, ils n'auront plus de raison de nous craindre.

– D'ailleurs, dit Pancrace, j'ai là-haut un grand ami, qui est meunier. Il s'appelle Léonard Gondran, et c'est mon frère de lait. Ce doit être un homme assez important dans son village, et je suis sûr qu'il parlera pour nous.

Les pestiférés revenaient de la mare, tout propres et guillerets, et ils réclamaient quelque chose à manger. Ils avaient tous grand appétit. Le petit mercier se mit à jouer de la flûte, et pour dégourdir leurs jambes ankylosées, les pestiférés mangèrent en dansant dans les coquelicots.

Les femmes avaient fait bouillir des pommes de terre, on avait ouvert un petit baril d'anchois, un estagnon d'huile, et deux grands bocaux de confitures, qu'ils étalèrent sur du biscuit de mer. Ils mangèrent de grand appétit, tandis que le soleil soulevait doucement les nuages qui s'appuyaient sur l'horizon. Dès qu'il fut sorti, la troupe entière se leva. Le notaire, debout sur une grosse pierre, remercia solennellement le ciel, puis ils se remirent en marche, en bavardant comme des promeneurs du dimanche.

Cependant, dans cette campagne verte et fraîche, Pancrace se disait que malgré l'heure matinale on aurait dû voir quelques paysans à l'ouvrage, et qu'on aurait eu profit à les interroger. Mais ils ne virent personne, et le médecin commença à craindre que la peste ne fût installée dans les environs.

Il se trompait. Ce n'était pas la peste qui avait chassé les paysans:

C'était la peur.

Ils marchèrent plus d'une heure, et virent enfin, au bout d'une colline, une batterie de moulins à vent.

– Voilà Allauch! dit le docteur. Nous sommes peut-être sauvés. Marchez en bon ordre, et souriez.

Au bout de quelques minutes, on distingua un groupe d'hommes qui, du haut d'une éminence, regardaient venir les arrivants.

Le capitaine développa sa lorgnette, les visa un instant, et dit:

– Ils ont des fusils.

un meunier le propriétaire d'un moulin

guilleret,te gai

dégourdir *ici:* réveiller, faire bouger

ankylosé,e endormi

un estagnon *rég* (Zinngeschirr)

bavarder causer

une lorgnette une longue-vue

– A la vérité, je le craignais un peu, dit le docteur. Mais il s'agit de les rassurer. Si nous avançons en chantant, ils n'auront pas peur de nous.

Il entonna aussitôt un joyeux Noël de Provence, et toute la troupe donna de la voix, tandis que le clerc, marchant à reculons, battait la mesure.

Le groupe d'hommes ne bougeait pas – mais tout à coup, une voix forte retentit.

– Halte!

A vingt pas devant les chanteurs, un homme sortit de la haie. Le cortège s'était arrêté, et le docteur s'avança vers lui.

– Restez à dix pas, dit l'homme. Où allez-vous?

– Nous allons à Allauch, dit Pancrace.

– Et d'où venez-vous?

– Nous venons de la banlieue de Marseille, dit le docteur.

– Alors, dit l'homme, vous nous apportez la peste. Nous ne pouvons pas vous recevoir.

– Nous ne sommes pas contaminés, dit Pancrace. Nous étions dans un quartier parfaitement sain. Je suis médecin, et je puis vous dire...

– Tout ce que vous pourrez me dire n'a aucune importance. Tout ce qui vient de Marseille est pourri. On ne peut pas vous recevoir. Et n'essayez pas d'avancer. A partir de ce gros olivier, on vous tirera des coups de fusil.

Maître Garin fit un pas en avant, et dit:

– Nous aussi, nous avons des fusils.

– Je le vois bien, dit l'homme. Mais si nos guetteurs sonnent du clairon, vous verrez arriver cinq cents hommes, et on vous tuera jusqu'au dernier. Il n'y a rien à faire. C'est peut-être cruel, mais c'est la peste qui est cruelle; nous avons un millier de femmes et d'enfants.

– Je vous comprends, dit le docteur. Mais nous pourrions camper dans l'un de ces champs, sous votre surveillance, et si au bout d'une semaine aucun de nous ne donne le moindre signe de maladie...

– Ce n'est pas possible, dit l'homme. Si nous vous laissons camper, dans quinze jours il y en aura des centaines, parce qu'il s'en présente à chaque instant... Vous n'avez qu'à faire demi-tour.

entonner commencer à chanter un air (anstimmen)
un Noël un chant de Noël
marcher à reculons aller en arrière
retentir résonner
un clairon une trompette

– Soit, dit le docteur. Mais avant de repartir je voudrais bien parler à mon frère de lait, qui s'appelle Léonard Gondran. Est-ce possible?

– Ah? Vous êtes le frère de lait de Gondran, celui des moulins?

– Oui, dit le docteur. Faites-lui dire, je vous prie, que le marquis de Malaussène a besoin de lui.

Le gardien ôta son bonnet, et dit:

un bonnet (Mütze)

– J'y vais tout de suite, Monsieur le marquis.

Et il s'éloigna au pas de course.

au pas de course en courant

Tous furent bien surpris d'apprendre que le médecin était un noble, et d'une des plus vieilles familles de Provence.

– Comment! dit le notaire. Vous êtes le marquis de Malaussène, qui fut longtemps le médecin du Roy?

– Eh oui, dit Pancrace. J'ai eu le grand honneur de veiller sur l'auguste santé de Sa Majesté, notre bon roi Louis XIV, et j'ai eu le grand chagrin de l'assister dans sa dernière maladie. Sa mort me frappa si fortement que j'ai quitté la cour après ses funérailles, pour consacrer mon activité à la science.

Les faux pestiférés se serraient autour de lui, tout fiers d'avoir été soignés par le médecin du Grand Roi, et définitivement rassurés sur leur avenir.

Au bout d'une heure, on vit venir au loin deux mulets chargés de bâts, accompagnés par deux hommes: le guetteur ramenait Gondran, qui se mit à courir dès qu'il vit le marquis. C'était pourtant un vieillard d'une cinquantaine d'années, et ses cheveux étaient tout blancs. Mais il avait encore beaucoup de dents, et il semblait avoir gardé toute la force de sa jeunesse.

un bât (Packsattel)

Questions de compréhension, analyse et discussion

Pages 9–12

1. Le narrateur appelle le quartier de la placette «un coin de paradis» (p. 9, l. 26). Dégagez dans la description qu'il en fait tout ce qui sert à illustrer cette idée.
2. Quels points de vue le narrateur adopte-t-il pour faire le portrait de ses personnages? Qu'est-ce qui fait penser qu'il parle d'eux en qualité de voisin?
3. C'est par son grand nez frémissant que le notaire se fait remarquer. Est-ce le seul personnage à souffrir d'une malformation physique ou à attirer l'attention du lecteur d'une manière quelconque?
4. Par quels détails la vie méridionale vous est-elle suggérée?

Pages 12–16

1. Etudiez l'emploi des temps dans la phrase: «Un soir... Guillou» (p. 12, l. 33–38).
2. Caractérisez le Capitaine en rapprochant ses propos du portrait fait de lui précédemment.
3. Dites pourquoi et comment le narrateur retarde l'instant où Maître Pancrace vient à parler de ses soucis.
4. En quoi ce passage rappelle-t-il une scène de théâtre?
5. Montrez que l'ironie de l'auteur se manifeste dans ce passage à des degrés très divers.

Page 16, lignes 6–21

1. Qu'est-ce qui tend à montrer que les habitants de la placette éprouvent plus qu' «une vague inquiétude»?
2. Quel est le rôle de ce court paragraphe dans le déroulement de l'action?

Page 16, lignes 22–30

1. Qu'est-ce qui suggère que les événements ont décidément pris un cours fâcheux?

Pages 16–19

1. Dans le salon de Maître Pancrace, la vieille Aliette fait patienter les hommes. A votre avis, quelles sont les autres fonctions remplies par ce personnage?

2. Qu'est-ce qui dénote l'autorité de Pancrace?
3. En quoi les réactions du drapier et du notaire sont-elles typiques?
4. Pancrace décrit les événements qui ont eu lieu dans la ville. Comparez ses propos à ceux tenus par le clerc.
5. Dites quelle est la solution proposée par Pancrace à la fin de la séance. Puis montrez comment l'auteur campe ce personnage à travers le discours qu'il lui fait tenir.

Pages 19–20

1. Caractérisez l'attitude de Pancrace à l'égard des petits commerçants du quartier.

Page 20

1. Qu'est-ce qui dénote l'état d'énervement de Garin le Jeune?

Pages 20–31

1. Indiquez les épisodes les plus importants de ce passage. Puis donnez un titre à chacun d'entre eux.
2. Comment Pagnol présente-t-il le «concert» de cloches? A quoi cela nous fait-il penser?
3. Après avoir relevé les métaphores contenues dans ce passage, dites à quoi est comparée la peste.
4. Qu'est-ce qui apparente au rêve l'ambiance qui règne dans le cabinet de Pancrace?
5. Quel est le point de vue du narrateur à l'égard de la médecine de l'époque?
6. Commentez le passage du cortège funèbre. Qu'est-ce qui le rend particulièrement macabre?
7. Montrez que Maître Passacaille a mené ses investigations avec la conscience propre aux hommes de sa profession.
8. Comparez le clerc et le drapier. Quelle est la position du narrateur à leur égard?
9. Quels sont les moyens employés par l'auteur pour détendre l'ambiance?

Pages 31–32

1. Les examens médicaux que Pancrace fait passer aux habitants du quartier ne sont pas tous décrits de la même façon. Dites en quoi les descriptions diffèrent et pourquoi.
2. Commentez la phrase: «c'est que la peste est une maladie fort insidieuse qui débute parfois à très petit bruit» (p. 31, l. 35–36).
3. Que pensez-vous du choix de la chanson chantée par le notaire?

Pages 32–33

1. Le drapier ne revient pas sur sa décision. Tôt le matin, il se prépare à partir pour la messe avec sa famille (p. 32, l. 24). En quoi l'occupation du drapier est-elle symbolique?
2. Distinguez dans le langage du drapier les différents niveaux de style.

Pages 33–37

1. De quels sentiments les mesures préconisées à l'encontre du drapier sont-elles inspirées?
2. Notez les changements que la maladie opère sur la personne du drapier sur les plans physique et moral. Qu'en déduisez-vous sur les sentiments du narrateur à l'égard du drapier?
3. Montrez que Maître Pancrace fait ici figure de libre-penseur.

Pages 37–39

1. En quoi la vie de la communauté fait-elle penser à la vie de caserne?
2. Comment les reclus supportent-ils, à la longue, leur isolement?
3. En étudiant le choix des mots, caractérisez les rapports des guetteurs.
4. Examinez la précision avec laquelle sont rendus les événements qui se passent sur la placette.
5. Faites la part dans ce récit de ce qui repose sur l'observation pure et simple et de ce qui, au contraire, relève de l'interprétation. Qu'est-ce que cela nous apprend sur Pagnol?
6. Relevez les termes dénotant l'affection qu'éprouve l'auteur pour ses personnages, ainsi que ses traits d'humour.

Page 40

1. Pourquoi cette fois-ci l'auteur prend-il un tel soin à situer son récit dans le temps?
2. Etudiez comment l'auteur exprime l'énervement qui s'est emparé de la petite communauté: pour ce faire, analysez la construction et le mouvement des phrases, la ponctuation ainsi que le choix des verbes.

Pages 40–45

1. Après deux mois d'absence, le clerc réapparaît sur la placette. Comment est-il accueilli par les reclus? Quelles sont ses réactions?
2. Comment sont présentées les femmes dans ce passage? Comment expliquez-vous leur comportement?
3. Commentez la façon avec laquelle le narrateur nous apprend ce qui se passe en ville.

4. Comparez le rapport du clerc avec les déclarations faites par Pancrace au début de l'épidémie (pp. 17–19).
5. En vous rappelant leur caractère, leur condition et leur rang social, analysez le comportement et le langage des personnages en face d'une situation qui paraît sans issue.
6. De quelles qualités intellectuelles et morales témoigne le plan de Pancrace?
7. Discutez la solution proposée par le clerc.

Pages 45–46

1. Dites de quelle manière est mené ici le procès contre le clerc. Etudiez à ce propos les phrases qui contiennent les griefs formulés contre lui.
2. Quel est l'effet produit par l'apparition de Pampette?
3. Montrez que le discours de Pancrace s'adapte parfaitement à la situation.

Pages 46–47

1. Qu'est-ce qui traduit la hâte dans laquelle s'effectuent les préparatifs?
2. Quels sont les sentiments que Pancrace nourrit à l'égard de son passé?
3. Quel est le langage qu'il adopte pour en parler ?
4. Dites ce qu'il y a de comique dans sa façon d'évoquer les malaises de «Sa Majesté».

Pages 48–49

1. Dans son cabinet, le notaire est très occupé. Relevez les mots qui contiennent un jugement porté sur la qualité de ce travail et demandez-vous pourquoi Pagnol l'a décrit avec tant de précision.
2. Que pensez-vous du compliment de Pancrace? Selon vous, est-il tout à fait sincère?
3. Comment Maître Passacaille réagit-il?
4. Qualifiez l'ambiance qui règne dans le cabinet de Pancrace. De quoi résulte-t-elle?

Pages 49–50

1. Comparez le début de ce passage avec le début du précédent et dites quel est l'effet recherché par l'auteur.
2. Examinez comment l'auteur tourne en farce l'histoire de ses «pestiférés». Quel rôle Pancrace tient-il ici?

Pages 50–53

1. A quoi voyez-vous que «leur inquiétude [celle des faux pestiférés] s'était transformée en un sentiment de sécurité»? (p. 51, l. 5–6)

2. Pancrace était sûr que le convoi passerait le barrage sans difficultés (p. 46). Et, en effet, avant même que les deux soldats n'aient reconnu son uniforme, Pancrace a pratiquement gagné la partie. Distinguez les étapes successives du dialogue de Pancrace avec les deux soldats et notez les procédés employés pour intimider la sentinelle.
3. Pourquoi, tout d'un coup, Pancrace préfère-t-il s'adresser à des «Messieurs» (p. 52, l. 22) plutôt qu'à des «Lieutenant» et «Enseigne»?
4. Justifiez l'emploi des majuscules dans l'expression «peste NOIRE».
5. Notez l'habileté avec laquelle Pancrace présente le laissez-passer.

Pages 53–57

1. Commentez la tournure «L'aube enfin se leva sur la réussite de l'expédition» (p. 54, l. 1–2). En trouvez-vous d'autres du même genre dans ce passage? Quel est le but poursuivi par l'auteur?
2. Quelles sont les réactions des «faux pestiférés» au signal «Halte» (p. 54, l. 10)?
3. Quels rôles Pancrace, le notaire et le Capitaine jouent-ils dans cette scène?
4. Par la phrase «Le notaire, debout sur une grosse pierre, remercia solennellement le ciel» (p. 55, l. 19), Pagnol fait allusion aux messes de remerciement célébrées alors dans toutes les villes à la fin d'une épidémie de peste. Pourquoi Pagnol a-t-il choisi précisément le notaire?
5. Pour quelles raisons l'entrée dans la ville d'Allauch pose-t-elle tant de problèmes aux «faux pestiférés»?
6. Face aux gardiens d'Allauch, Pancrace remplit de nouveau la fonction de porte-parole. Montrez en quoi cependant la situation diffère de celle vécue peu de temps auparavant à la sortie de Marseille.
7. Comment Pancrace parvient-il à sauver la situation?
8. Commentez les réactions des gardiens d'Allauch et celles des «faux pestiférés» quand Pancrace dit le mot de passe et révèle sa véritable identité.

Thèmes de réflexion

1. En étudiant de près la manière dont Pagnol présente ses personnages, essayez de caractériser l'art de Pagnol portraitiste.
2. A votre avis, peut-on voir dans *Les pestiférés* une satire socio-professionnelle?
3. Etudiez comment Pagnol traite ses personnages secondaires – en particulier les femmes – dans *Les pestiférés.*
4. En vous aidant des documents des pages 65–67, demandez-vous quelle est la part réservée à la fiction et la part réservée à la réalité historique dans ce récit.
5. Est-ce qu'on pourrait, à votre avis, jouer *Les pestiférés* au théâtre? Justifiez votre réponse.
6. Dans quelle mesure peut-on affirmer que le récit des *Pestiférés* est un récit inachevé?
7. En relevant des exemples bien précis, essayez de montrer que Pagnol garde toujours un certain humour – voire même ironie; puis essayez d'en étudier les degrés successifs.
8. Etudiez comment est traité le thème de la peste, d'une part chez Pagnol (voir p. 23, l. 14–39: «Dans la rue qui venait... noir comme du charbon») et de l'autre chez Chateaubriand (voir texte p. 68).
   a) Quels aspects de la maladie les deux écrivains cherchent-ils à rendre?
   b) Après avoir relevé les différentes notations visuelles, auditives et olfactives, vous analyserez les ressemblances et les différences que vous voyez entre la peste décrite par Pagnol et celle décrite par Chateaubriand.
   c) Qu'est-ce que la composition des textes de Pagnol et de Chateaubriand révèle sur les intentions des deux auteurs?
9. Après avoir lu le passage de Camus (voir pp. 68–70), dites
   a) en quoi la vie de ces hommes ressemble à celle qui est imposée aux reclus de Pagnol,
   b) en quoi la situation et le comportement des uns et des autres diffèrent,
   c) quelle est l'attitude adoptée par le narrateur dans les textes de Camus et de Pagnol.
10. Se référant aux *Pestiférés,* un journaliste de l'Express a qualifié Pagnol d'«écrivain-cinéaste» (voir p. 71). Etes-vous du même avis?
11. En vous aidant de la citation d'André Roussin (p. 71), montrez comment Pagnol parvient à tenir son lecteur en haleine.

Documents et textes

1. Chronologie de la peste à Marseille

5 février 1720	En Syrie, le Grand Saint-Antoine, bateau marseillais appartenant à un parent de l'échevin Estelle, charge des balles de coton infectées par la peste.
5 avril – 16 mai	A bord, mort de plusieurs personnes.
17 mai	A Livourne, une *patente brute* (interdiction d'accoster) est délivrée au navire.
25 mai	A cause de cette patente, le bateau est mis en quarantaine à Marseille.
3 juin	Grâce à l'intervention de ses propriétaires, une partie de la cargaison est quand même déchargée. Passagers et équipage peuvent terminer leur quarantaine dans les infirmeries du port.
14 juin	Les passagers obtiennent la permission de partir. En ville, les matelots commencent à introduire des marchandises en contrebande.
21 juin	Première mort suspecte en ville: rue Belle-Table (cf. texte p. 18).
23 juin	Mort aux infirmeries d'un mousse du Grand Saint-Antoine.
24 juin	Mort aux infirmeries de trois portefaix qui ont ouvert des ballons de coton (cf. texte p. 13).
28 juin–11 juillet	Une vingtaine de personnes meurent, dont le tailleur Michel Creps et sa femme, place du Palais, le jeune Issalenc (cf texte p. 18) ainsi que sa sœur. Les médecins reconnaissent les symptômes de la peste et en informent les échevins de la ville.

13–18 juillet	D'autres cas de peste sont signalés aux autorités. On fait expertiser les malades par le chirurgien Bozon (cf. texte p. 13) qui dément le diagnostic de ses confrères.
21–22 juillet	Dans la nuit, violent orage. Depuis, le nombre des morts augmente de façon continue.
2–5 août	La municipalité décide l'embrasement général de la ville, afin de purifier l'air, censé apporter l'épidémie. Chaque habitant doit faire brûler, fenêtres fermées, du soufre (Schwefel) chez soi. De plus, disette générale.
5 août	100 personnes meurent par jour. Elles sont enterrées sans prêtres, par les *corbeaux* (cf. annotations p. 43).
8 août	Les *corbeaux* manquent; il faut les remplacer par des mendiants. Les cimetières étant pleins, on se met à creuser des fosses communes (Massengrab).
10 août	Tous les quartiers de la ville sont atteints, sauf celui de la Rive-Neuve que le chevalier Roze a fait isoler (cf. p. 67). Les services municipaux se désorganisent.
15–26 août	Le taux quotidien des morts s'élève à 400 personnes. Maintenant les mendiants sont remplacés par des galériens.
27 août	700 morts par jour. Les paysans et ouvriers refusent d'ouvrir des fosses. Des pillards parcourent la ville. Les troupes régulières sont appelées pour le maintien de l'ordre.
30 août	Le quartier de la Rive-Neuve est touché à son tour par l'épidémie. Dans les rues et les maisons de la vieille ville gisent sept à huit mille cadavres que les chiens dévorent.
Début septembre	Depuis le début de l'épidémie on dénombre 30 000 victimes. La peste atteint maintenant son paroxysme avec 1000 morts par jour.
12 septembre	Langeron, chef de l'escadron des galères (cf. texte p. 53) est nommé commandant en chef. Avec six compagnies de soldats, il réussit peu à peu à rétablir l'ordre et à libérer les rues des cadavres pestiférés. Il est soutenu par l'échevin Estelle, l'évêque Belsunce et le chevalier Roze.

16 septembre	Le chevalier Roze fait enlever et ensevelir 2000 cadavres étendus sur la place de la Tourette (cf. p. 67).
Fin septembre	La peste bat en retraite: le nombre des morts n'est plus que de 400 par jour.
15 nov.–31 déc.	Les fuyards rentrent en ville, les bourgeois se risquent à sortir de nouveau, les boutiques rouvrent. Bref, la vie redevient normale.
19 février 1721	Reprise des délibérations à la chambre de commerce fermée depuis le 19 juillet.
19 août	Hospitalisation du dernier pestiféré.
9 novembre	L'interdit sur Marseille est enfin levé.
printemps 1722	Rechute: quelques cas de peste sont hospitalisés. Deuxième blocus de Marseille qui va durer jusqu'en janvier 1723. Certains pays reprendront leurs relations commerciales avec Marseille à la fin de l'année seulement.

2. Le chevalier Roze, modèle historique de Pancrace

Le chevalier Roze est né à Marseille, en 1671, d'une famille de négociants. Destiné lui aussi au commerce, il s'illustre cependant par ses exploits militaires. Ceux-ci lui valurent la croix de St.-Lazare ainsi qu'une gratification de 10 000 livres de la part de Louis XIV.

En 1720, année où se déclare l'épidémie de peste, il est nommé commissaire général à Marseille. Grâce à des mesures draconiennes, il réussit à préserver de l'épidémie le quartier de la Rive-Neuve pour quelque temps. Mais c'est surtout son dévouement dont il fit preuve le 16 septembre 1720 qui le rendit célèbre.

Ce jour-là, Roze, à la tête de 40 soldats volontaires et de 100 forçats, se dirigea vers la place de la Tourette, qui était couverte d'environ 2000 cadavres. Roze avait découvert que les vieilles fortifications de l'Esplanade étaient creuses jusqu'au niveau de la mer. Il en fit crever les voûtes pour y entasser les cadavres. Le soir, la place fut dégagée; mais cinq hommes seulement – dont Roze – survécurent à cette opération.

Puis Roze s'installa de façon définitive à Marseille où il mourut le 2 septembre 1733.

3. Ville morte...

C'est sous le choc d'une épidémie de choléra, qui éclate à Paris en 1832, que Chateaubriand rédige pour ses «Mémoires» un chapitre intitulé «Pestes». En voici un passage qui évoque les ravages que le fléau fit à Marseille en 1720.

«[...] Les portes de la ville et les fenêtres des maisons furent fermées. Au milieu du silence général on entendait quelque fois une fenêtre s'ouvrir et un cadavre tomber; les murs ruisselaient de son sang gangrené, et des chiens sans maître l'attendaient en bas pour le dévorer. Dans un quartier dont tous les habitants avaient péri, on les avait murés à domicile, comme pour empêcher la mort de sortir. De ces avenues de grands tombeaux de famille, on passait à des carrefours dont les pavés étaient couverts de malades et de mourants étendus sur des matelas et abandonnés sans secours. Des carcasses gisaient à demi pourries avec de vieilles hardes mêlées de boue; d'autres corps restaient debout appuyés contre les murailles, dans l'attitude où ils étaient expirés.

[...] Sur l'esplanade de la Tourette, au bord de la mer, on avait, pendant trois semaines, porté des corps, lesquels, exposés au soleil et fondus par ses rayons, ne présentaient plus qu'un lac empesté. Sur cette surface de chairs liquéfiées, les vers imprimaient seuls quelque mouvement à des formes pressées, indéfinies, qui pouvaient avoir été des effigies humaines.»

ruisseler couler sans arrêt
gangrené,e (vergiftet)
dévorer manger très vite comme qn qui a très faim
périr mourir
les pavés (Pflastersteine)
une carcasse un squelette
gésir *litt* être couché sans mouvement
les hardes *f* les vêtements
expirer mourir; *actuellement ne se conjugue qu'avec l'auxiliaire avoir*
la chair (Fleisch, Haut)
liquéfier qui est devenu liquide
un vers (Wurm)
une effigie image d'une personne.

(François-René de Chateaubriand: Mémoires d'Outre-Tombe, 4e Partie, Livre 35, ch. 14 © Editions Gallimard)

4. La mise en quarantaine...

Le passage suivant est tiré de «La Peste» d'Albert Camus. Tarrou, un des personnages principaux du roman, y rapporte une visite qu'il a rendue au stade municipal d'Oran. Depuis le début de la peste, des milliers de gens – les parents des pestiférés – y sont mis en quarantaine par les autorités de la ville.

«Ils [Tarrou et Rambert] entrèrent enfin dans le stade. Les tribunes étaient pleines de monde. Mais le terrain était couvert par plusieurs centaines de tentes rouges, à l'intérieur desquelles on apercevait, de loin, des literies et des ballots. On avait gardé les tribunes pour que les internés puissent s'abriter par les temps de chaleur ou de pluie. Simplement, ils devaient réintégrer les tentes au coucher du soleil. Sous les tribunes, se trouvaient les douches qu'on avait aménagées et les anciens vestiaires de joueurs qu'on avait transformés en bureaux et en infirmeries. La plupart des internés garnissaient les tribunes. D'autres erraient sur les douches. Quelques-uns étaient accroupis à l'entrée de leur tente et promenaient sur toutes choses un regard vague. Dans les tribunes, beaucoup étaient affalés et semblaient attendre.

– Que font-ils dans la journée? demanda Tarrou à Rambert.

– Rien.

Presque tous, en effet, avaient les bras ballants et les mains vides. Cette immense assemblée d'hommes était curieusement silencieuse.

– Les premiers jours, on ne s'entendait pas ici, dit Rambert. Mais à mesure que les jours passaient, ils ont parlé de moins en moins.

[...] Tarrou les comprenait, et il les voyait au début entassés dans leurs tentes, occupés à écouter les mouches ou à se gratter, hurlant leur colère ou leur peur quand ils trouvaient une oreille complaisante. Mais à partir du moment où le camp avait été surpeuplé, il y avait eu de moins en moins d'oreilles complaisantes. Il ne restait donc plus qu'à se taire et à se méfier. Il y avait en effet une sorte de méfiance qui tombait du ciel gris, et pourtant lumineux, sur le camp rouge.

Oui, ils avaient tous l'air de la méfiance. Puisqu'on les avait séparés des autres, ce n'était pas sans raison, et ils montraient le visage de ceux qui cherchent leurs raisons, et qui craignent. Chacun de ceux que Tarrou regardait avait l'œil inoccupé, tous avaient l'air de souffrir d'une séparation très générale d'avec ce qui faisait leur vie. Et comme ils ne pouvaient pas toujours penser à la mort, ils ne pensaient à rien. Ils étaient en vacances. «Mais le pire,

un ballot petite balle de marchandises, paquet

accroupi être assis, les jambes repliées sur les talons

s'affaler se laisser tomber

ballant qui se balance dans le vide

se gratter (sich kratzen)

écrivait Tarrou, est qu'ils soient des oubliés et qu'ils le sachent. Ceux qui les connaissaient les ont oubliés parce qu'ils pensent à autre chose et c'est bien compréhensible. Quant à ceux qui les aiment, ils les ont oubliés aussi parce qu'ils doivent s'épuiser en démarches et en projets pour les faire sortir. A force de penser à cette sortie, ils ne pensent plus à ceux qu'il s'agit de faire sortir. Cela aussi est normal. Et à la fin de tout, on s'aperçoit que personne n'est capable réellement de penser à personne, fût-ce dans le pire des malheurs. Car penser réellement à quelqu'un, c'est y penser minute après minute, sans être distrait par rien, ni les soins du ménage, ni la mouche qui vole, ni les repas, ni une démangeaison. Mais il y a toujours des mouches et des démangeaisons. C'est pourquoi la vie est difficile à vivre. Et ceux-ci le savent bien.»

[...]

Peu après, [...] un énorme grésillement se fit entendre dans les tribunes. Puis les haut-parleurs qui, dans des temps meilleurs, servaient à annoncer le résultat des matches ou à présenter les équipes, déclarèrent en nasillant que les internés devaient regagner leurs tentes pour que le repas du soir pût être distribué. Lentement, les hommes quittèrent les tribunes et se rendirent dans les tentes en traînant le pas. Quand ils furent tous installés, deux petites voitures électriques, comme on en voit dans les gares, passèrent entre les tentes, transportant de grosses marmites. Les hommes tendaient leurs bras, deux louches plongeaient dans deux marmites et en sortaient pour atterrir dans deux gamelles. La voiture se remettait en marche. On recommençait à la tente suivante.

[...]

Le crépuscule était là, et le ciel s'était découvert. Une lumière douce et fraîche baignait le camp. Dans la paix du soir, des bruits de cuillers et d'assiettes montèrent de toutes parts. Des chauves-souris voletèrent au-dessus des tentes et disparurent subitement. Un tramway criait sur un aiguillage, de l'autre côté des murs.»

(Albert Camus: La peste, Livre IV Chap. 5 © Editions Gallimard)

s'épuiser se fatiguer
une démarche *ici:* action d'agir auprès de qn pour lui demander qc –
une démangeaison ce qui vous donne envie de vous gratter
un grésillement (Rauschen)
nasiller parler du nez
une marmite récipient large et rond qui sert à faire cuire des aliments
une louche sorte de grande cuiller
une gamelle récipient individuel avec un couvercle
un aiguillage (Weiche)

5. «Les pestiférés» et la critique

Après avoir rendu hommage à la personnalité de Pagnol, Robert Kanters, critique renommé du «Figaro», attire l'attention du lecteur sur le récit des «Pestiférés»:

«Il y a encore dans *Le Temps des Amours* un chapitre raccroché tant bien que mal, mais admirable, c'est celui qui raconte un épisode de la peste de Marseille. Par l'intelligence, le choix des détails, la fermeté de la narration, le sens des effets, c'est un chef-d'œuvre de la nouvelle historique.» (Figaro, 14–15 mai 1977)

Pour Janick Jossin, journaliste de «l'Express»:

«[...] il y a ici [dans le *Temps des Amours*] une des plus fortes histoires que Pagnol ait jamais racontées... En soixante-dix pages, il décrit la vie, ou plus exactement la survie d'une petite communauté pendant la grande peste à Marseille [...] L'art du conteur atteint ici la perfection. La plume devient une caméra, ses phrases des plans cinématographiques. Pagnol écrivain cinéaste: le lecteur assiste peut-être à son plus grand film.»

(L'Express, nr. 1346, 25. 4.–1. 5. 1977)

Saluant la publication posthume du «Temps des Amours», le dramaturge et membre de l'Académie André Roussin fit l'éloge du génie que, selon lui, possédait le prosateur Pagnol:

«Génie du conteur latin, fait d'une connaissance instinctive de la dramatisation d'une histoire. Sitôt celle-ci commencée, impossible d'y échapper; le conteur a su tout de suite créer l'attente des péripéties et le désir chez le lecteur de tout connaître jusqu'à la fin. Au cours du récit ce lecteur admirera l'observation minutieuse du détail, la connaissance du monde végétal ou animal, le choix des mots irremplaçables, la drôlerie des dialogues, et tout le temps il apercevra le sourire complice du narrateur, inscrit dans le rythme même des phrases.»
(«Le Temps des Amours», Monte-Carlo, Editions Pastorelly, 1979, pp. 287–288)

Punkt für Punkt zuverlässig: